내 꿈은
당신과 평생
사랑하는 것

내 꿈은 당신과 평생 사랑하는 것

현우 에세이

히읏

프롤로그

사람은 사랑 없이는 살 수 없다.

아니라고, 한때 그렇게 상처받았으니
나는 다시는 사랑하지 않겠다고 결심해도
결국 내가 가장 춥고 힘들 때 생각났던 건
나를 아껴주는 사람의 품속과
하루를 마칠 때마다 주고받는 사랑의 말들이었다.

그리고 그렇게 외로워하는 내게
믿기 힘든 타이밍에
믿기 힘들 정도로 아름다운 사람이 나타나
다시 평생 사랑하기를 꿈꾸게 해주기도 했다.

물론 영원한 사랑이라는 것은
세상에 없을지도 모르지만
가장 중요한 것은
영원을 꿈꾸는 마음을
혼자가 아닌 두 사람이
함께 지니고 있는 것이라고 믿는다.

부디 이 책을 펼쳐보는 당신이
언젠가는 함께 평생을 약속할 사람을 만나기를
또는 함께 있는 사람과 평생을 꿈꾸게 되기를
진심으로 바란다.

차례

둘, 사랑의 밤

셋, 사랑의 아침

Part 1

사랑의 낮

⋮

다행이다.

네가 있어서.

코드

누가 그러더라.
함께 나누는 대화가
즐거운 사람을 만나야 한다고.
정말 맞는 말 같았어.

대화는 삶에서 빼놓을 수가 없는데
그 대화가 재밌다는 건

서로 정말 잘 맞는다는 뜻일 테니까.

대화가 잘 통하려면 아무래도
코드가 같아야 하는 것 같아.
슬픔 코드, 유머 코드가 맞는 거지.
같은 곳에서 울고 같은 곳에서 웃는 거야.

그럴 때가 있잖아
다른 사람들은 다 웃는데
나는 하나도 웃기지 않을 때.

다른 사람들은 가만히 있는데
나 혼자서 되게 슬프게 느껴질 때.

그럴 때 나랑 똑같은 곳에서 웃고
나랑 똑같은 곳에서 우는 사람이 있다면
심지어 그 사람이 내 연인이라면
너무 행복할 것 같지 않아?

같은 곳에서 울자.

같은 곳에서 웃고

같은 곳에서 행복하고

같은 곳에서 사랑하자.

나의 매일

잘 잤어? 나는 오늘도 꿈에 네가 나왔어.

간단하게 뭐라도 잘 챙겨 먹고 나가자.

오늘도 잘 지내자. 넌 최고니까 그럴 수 있을 거야.

점심 맛있게 먹어, 나도 맛있게 먹을 테니까.

새삼스럽지만 오늘도 너무 보고 싶다.

주말에는 어디 멀리 다녀올까?

조금 이따가 시간 나면 잠깐 목소리 들을까?

이제 곧 끝인데 조금만 더 힘내자.

오늘도 정말 수고했어. 내가 데리러 갈까?

너 좋아한다길래 사 왔어. 난 네 모든 걸 기억하거든.

거기서 편하게 쉬고 있어. 내가 다 준비해갈게.

넌 편하게 있을수록 예뻐. 나한텐 그런 사람이야.

하루가 힘들거나 서럽진 않았는지 궁금하다.

만약 그렇다면 같이 힘껏 화내줄 테니까.

질리지도 않고 네게 매일 해주고 싶은 말들.

물음표

말해주지 않아도 다 알아채는
눈치가 빠른 사람도 괜찮겠지만
나는 나의 사소한 것들까지
궁금해하는 사람이 더 좋다.

그리고 나 역시 그 사람에 관해서
사소하게 궁금해하게 되기를 바란다.

잠은 잘 잤는지. 밥은 먹었는지.
오늘 하루 무슨 일은 없었는지.
혹시 내가 보고 싶지는 않았는지.
그러면 내가 지금 바로 갈 테니
먹고 싶거나 마시고 싶은 게 있는지.

때로는 누가 봐도 알 만한 것들
또는 이미 알고 있는 것들도
괜히 물어봐주고 대답해주면서
그렇게 시시콜콜한 관심과 애정을
매일매일 주고받다 보면

지치는 일도 질리는 일도 없이
언제까지고 우리는 우리일 텐데.

바보처럼

한결같은 우리

과연 세상에 그런 사람이 얼마나 될까.

부끄러움을 모르는 사람.

지치지 않고 달릴 수 있는 사람.

차가운 분위기 속에서도 웃으려 애쓰는 사람.

가장 좋아하는 것 하나를 가졌다고

지옥 같은 곳에도 기꺼이 뛰어드는 사람.

아마 그런 바보처럼 한결같은 사람은
아무리 주변을 살펴봐도 그리 많지 않을 거야.
그리고 사랑은 사람을 그런 사람으로 만들어.
네가 나한테 그런 사람이 되어준 것처럼 말이야.

아무리 사람이 많은 곳에서도 사랑을 말하고
지치지도 않고 나를 보러 와주는 너.
그러기가 참 쉽지 않았을 텐데
내가 가라앉은 날이면 농담을 건네던 너.
나만 있다면 그곳이 어디든 좋다고 해주는 너.

너라고 매번 그러는 게 힘들었을 텐데
그 마음을 이제야 알게 돼서 미안해.

이제는 나도 바보가 될게.
많이 웃고 많이 표현할게.
사랑을 말하는 일 너만 있다면 달려가는 일을
부끄럽다는 이유로 아끼지 않고

매번 예쁘다

보고 싶다

사랑한다 말할게.

사랑이 시작된 뒤에는

연애 좀 해봤다는 사람들이 흔히들 말하는 것이 '썸을 탈 때는 상대방을 궁금하게 만들어라' 또는 '상대방을 안달 나게 해라'와 같은 말이다. 나에 관해 흥미를 품도록 만들어서 좋은 흐름을 이어가라는 뜻이다.

하지만 하나만 알고 둘은 모르면 안 된다. 썸을 타는 동안 상대방을 궁금하게 하고 안달 나게 만드는 일에만 몰두

한 나머지, 나와 상대방의 마음을 보살피는 일에 소홀해서는 안 된다는 말이다. 안달 나는 일에만 몰두하며 시작된 사랑은 게임처럼 늘 흥미진진할 것만 같지만, 상대방에 대한 파악이 어느 정도 끝난 뒤에는 오히려 차게 식어버리는 경우가 많다. 또한 사랑과 존중이 없이 재미만으로 시작되는 관계는 불안과 미움으로 오염되기가 쉽다.

썸은 단순한 놀이 시간이 아닌 사랑을 준비하는 과정이다. 이왕 하는 거 더 잘하려고, 더 행복하려고 사랑을 들여놓을 자리를 만들어두는 시간이다. 그러니 사랑이 시작된 후엔, 웬만하면 연인을 궁금하게 만들고 애타게 만들지 말자. 그저 함께하기로 한 순간부터 마음의 길과 방향이 확실히 정해졌으니, 헷갈리게 하거나 답답하게 만드는 대신, 조금이라도 더 아껴주고 표현해줘야 한다. 이렇게 당신을 사랑한다고, 있는 그대로 마음을 보여줘야 하는 것이다.

설렘이 곧 사랑을 말하는 것은 아니다

언젠가 본 영화 대사가 기억난다.

"이제 너랑 있어도 하나도 설레지 않아.
미안, 우리 헤어지자."

여자는 남자에게 그렇게 말하곤, 잡고 있던 손을 매몰차게 놓고는 점점 멀어져 버리고 만다. 남자는 어리둥절한 표정을 짓다가 이내 헤어졌음을 직감하고 눈물을 쏟는다.

다른 드라마의 한 장면도 소개해볼까 한다. 언젠가부터 친구로 지내던 사람이 신경 쓰여서, 그 사람을 향한 이 마음이 사랑인지 우정인지를 시험해보기 위해 손을 잡는다든지 껴안아본다든지, 나아가 키스까지 해보는 것이다. 설레지 않는다면 우정일 것이며, 설렌다면 사랑일 것이라고.

두 장면에는 공통적으로 맹점이 있다. 바로 설렘이라는 감정이 사랑이라는 감정과 동일시되고 있다는 점이다. 설렘이 느껴지지 않는다고 사랑을 기반으로 한 연인 관계를 끝내버리고, 설레고 설레지 않고에 따라 사랑과 우정을 판가름한다.

물론 설렘이라는 감정이 엄연히 사랑이라는 커다란 감정의 일부분을 차지하는 것은 맞다. 하지만 설렘의 유무가 사랑함과 사랑하지 않음을 나타내는 것은 너무도 큰 비약이라고 볼 수 있다. 세상에는 설렘이 거의 없거나 아예 없는 사랑 역시 너무도 많기 때문이다.

사랑이 오랫동안 계속되고 서로가 서로의 삶에 완벽하게 녹아들기 시작하면, 설렘이라는 감정은 사라지는 것이 아닌 변화를 택한다. 설렘은 점점 '믿음'과 '편안함'이라는 감정이 되어 사랑이라는 커다란 감정을 구성할 뿐, 어디로 날아가버리거나 사라져버리는 것이 아니라는 말이다. 그러니 설렘이 없다고 사랑을 그만두는 것, 설렘이 있고 없고에 따라 사랑하고 말 것을 결정짓는 일은 더없이 어리석은 일이라고 말할 수 있겠다.

손끝만 스쳐도 심장이 터져버릴 것 같은 사랑도 사랑이지만, 친구 같은 사랑, 노부부의 사랑, 가장 믿음직스러운 서로의 편이 되어주는 사랑, 농담을 주고받는 사랑 역시 각각 사랑이다. 그러니 '익숙함에 속아 소중함을 잃지 말자'라는 말만큼이나, '설렘에 속아 사랑을 놓치지 말자'라는 말 역시 가슴속에 새겨놓는 것이 좋을 것이다.

다행이다

어릴 때는 받아쓰기만 잘해도
칭찬을 받았다.
길가에 있는 쓰레기 하나만 주워도
칭찬을 받았다.
어른들께 인사만 잘해도
예쁘다는 말을 들었다.

하지만 어른이 되고 나서부터는
그런 일이 눈에 띄게 줄어들기 시작한다.
칭찬받아 마땅했던 일이 당연해진다.

지친 하루가 끝난 어느 저녁
고생했다며 너에게 메시지가 왔다.
내가 유독 힘들어 보였는지
너는 평소보다 훨씬 더 다정한 말로
나의 하루를 토닥여줬다.

어쩌면 뻔할 수 있는
예쁘다, 잘했다, 고생했다는 말이
얼마나 위로가 되던지.
어린 시절처럼 칭찬을 받는 기분이랄까.
어린 시절처럼 새하얀 사랑을 받는 기분이랄까.

힘든 하루를 버텨낼 수 있는 건
네가 있기 때문이다.

다행이다.

네가 있어서.

다 괜찮다고 말하는 당신이 잘못됐다

TV 등의 매체를 통해 철없는 애인 때문에 어려움을 호소하는 사람들을 몇 번 본 적이 있다. 나는 그때마다 '에이, 방송이니까 좀 부풀린 거겠지. 저렇게 어떻게 만나'라고 코웃음 치며 혼잣말했다. 사연들이 심해도 너무 심했기 때문이었다. 데이트하자고 불러놓고 몇 시간을 게임만 하는 연인이라든지, 생일 선물로 어디에서 받은 사은품을 주는 연인이라든지, 속이 훤히 다 보이는 거짓말을 해놓곤 다른 이

성을 만나러 가는 사람이라든지. 저게 과연 실제로도 있는 일들인가 싶어서 화가 나지도 스트레스를 받지도 않았다.

'아, 그런 사람이 실제로 있기는 있구나.' 생각하게 됐던 건, 아끼는 친구의 이야기를 들으면서부터였다. 들으면서 몇 번이나 얼굴이 빨개졌는지도 모를 정도로 화가 났다. 철이 없어도 그렇게 없을 수가. 그 사람은 친구를 향한 존중도, 사랑도, 사람으로서의 예의조차 없다는 듯이 친구를 막대하고 있었다. 나는 나도 모르게 친구의 말을 자르고 한마디를 건넸다.

"버릇이 너무 없는데?"

친구는, 그런가, 하고 대답하고는, 그래도 스물이 넘었는데 버릇없다는 말은 좀, 이라는 말을 덧붙였다. 나는 끓어오르는 속을 주체하지 못하고 친구에게도 한소리를 했다.

"정신 차려라. 버릇 나빠진다는 말은 아이들에게만 쓸 수 있는 말이 아니야. 아이만도 못한 사람들이 가끔 있기 때문이야. 너 그 사람이 네가 처음 사랑을 시작할 때 알았던 그 사람이랑 똑같다고 생각해? 그 사람의 그런 모습들이 좋아서 만나기 시작했던 거야? 그리고 그 사람에게도 문제가 있지만, 그만큼이나 그것을 받아주는 너한테도 문제는 있어. 너 왜 그러는데? 누굴 도와주고 싶으면 더 불쌍한 사람들을 좀 도와줘. 그런 사람한테 마음만 소비하지 말고."

친구는 그 말을 듣고는 결국 눈물을 터뜨렸다. 그의 눈물을 보면서 나도 말이 너무 심했나 싶었다. 하지만 그건 반드시 건네야 할 말이었다.

최악의 모습을 보여주는 연인을, 지금의 최악의 모습으로 만든 데에는 당신의 책임도 없지 않다. 괜찮아, 괜찮아라는 말로 더 극단으로 치닫게끔 부추기고 방치한 당신의 책임도 있는 것이다.

정말 그 사람이 좋다면, 그리고 처음 사랑했던 그때처럼 앞으로도 오래오래 사랑하고 싶다면, 이제는 정신을 차려야 할 때다. 한 번쯤은, 부족하다면 두 번이고 세 번이고 짚고 넘어가며 아닌 건 아니다, 이런 게 서운하고 저런 건 너무했다고 말할 줄 알아야 한다. 그게 당신의 소중했던 사랑과 사람을 향한 예의다.

참는 것이 오히려 나쁘다

한때 내 연인이었던 사람은 무척 솔직한 사람이었다. 마음에 안 드는 게 있거나 서운한 게 있을 때마다 내게 대화를 요청해오는 사람이었다. 왜 전처럼 애정 표현을 안 해주느냐며, 왜 그렇게 바쁘냐며, 내가 가장 좋다면서 왜 자꾸만 나를 뒷전 취급하냐며, 때로는 아이처럼, 때로는 차갑게 말을 건네오곤 했었다.

그리고 당시의 미숙했던 나는 좀처럼 그러지 못하는 사람이었다. 이쪽에서도 마음에 안 들고 서운한 게 있을 법도 한데, 그걸 솔직하게 표현하기보단 안으로 삭히는 쪽이었다. 그게 최선이라고 생각했다. 서운한 것, 억울한 것, 변명할 수 있는 것들이 있다고 해도 그걸 내비치는 순간 다툼만 일어날 게 뻔하니, 그럴 바엔 그냥 속으로 숨기고 그저 미안하다고 말하거나, 아니라고 하거나, 괜찮다고 말하는 것이 우리 사랑을 위한 일이라고 생각했었다.

결국 나의 그러한 솔직하지 못한 면이 우리의 이별을 불러왔다. 잘 달래진 줄 알았던 마음들이 사실은 점점 자라나고 있었고, 그것이 겉으로 터져버리는 순간, 이어 붙이지도 못할 정도로 커다란 다툼이 되어 우리 둘을 갈라놓았던 것이다. 그 마음들을 그때그때 보여주기만 했다면, 자주 다투긴 했을지라도 우리의 사이는 찢어지긴커녕 더 단단해지기만 했을 텐데. 그때의 나는 그만큼이나 사랑 앞에서 무식하고 미숙했었다.

이제야 제대로 알게 됐다. 다투는 것은 잘못되지 않았다. 오히려 참는 것이 나빴을 뿐이다.

건강한 사랑을 위해서는 때로는 다툴 줄도 알아야 한다. 그리고 다툼이란 전혀 없는 영화나 드라마에나 나올 법한 사랑은 없다는 것을 인정하고 받아들일 줄도 알아야 한다. 서운한 것이 있다면, 억울한 것이 있다면, 바라는 것이 있다면, 함께 하고 싶은 것, 가고 싶은 곳이 있다면 말하라. 말해도 이야기가 되지 않는다면 이유를 묻고 때로는 다퉈라. 눈앞에 있는 사람이 소중할수록, 앞으로 오래 함께하고 싶을수록 그래야 한다.

천둥이 치고 비가 오고 거센 바람이 분 다음 날에는 늘 맑고 높은 하늘이 선물처럼 나타나곤 했다.

우리 사랑의 맑은 나날을 위해서, 때로는 비가 오면 그 비를 힘껏 맞아보는 것은 어떨까.

우리인 이유

우리는 서로를 굉장히 잘 알아.
늘 조심해야 할 부분을 조심하고
상대방의 기분이 좋지 않을 땐
금방 기분을 좋게 만들 줄도 알아.

웃음의 방식도 잘 맞아.
같이 있으면 웃음이 끊이질 않고

둘만 아는 농담들이 계속 이어져.

취향이나 감정선도 닮았어.
말하는 분위기, 생각, 가치관처럼
눈에 보이지 않는 것들이 비슷하고
다른 부분이 있더라도 대화가 잘 통해서
늘 우리만의 목적지를 잘 찾아.

아낌없이 표현하기도 해.
친구들과 있을 때도 듬뿍 사랑을 말하고
일하다가 잠깐 시간을 내어 통화할 때도
거짓 없이 애정만을 담아 말하잖아.

아무리 싸워도 애정만은 변치 않아.
다투더라도 서로를 사랑하기에 생기는
사랑의 서운함 때문에 다툴 뿐이야.
헤어지는 건 절대 생각해본 적 없어.

그렇게 진짜 사랑을 하는 우리야.

우리는 늘 우리를 보는 주변 사람들까지

사랑이 고프게끔 만드는 최고의 연인이야.

사랑이 무엇인지는 여전히 잘은 모르겠지만

누가 봐도 우리만큼 사랑하는 사람들은 없어.

편지의 미학

어떤 사람들은 묻는다. 하루에도 한참 동안 통화를 하고 길고 정성스러운 메시지를 몇십 통이나 주고받고 있는데, 왜 그 사람은 자꾸 손으로 편지를 써서 달라고 하는지 모르겠다고. 핸드폰으로 연락하는 것만으로도 사실 충분한 것 아니냐고.

물론 그 사람의 말도 어느 정도는 맞는 말이다. 통화와 메시지에 비해 편지를 주고받는 일은 훨씬 느리고 비효율적이며 많은 에너지를 필요로 하는 일이기 때문이다.

하지만 다르게 생각해보면, 사랑하는 사람으로부터 편지를 받고 싶은 이유도 바로 그것 때문일 것이다. 그 사람이 굳이 나를 위해 수고해 주었으면 하는 마음. 많은 마음과 에너지를 들여, 아주 천천히 내게 사랑을 말해주었으면 하는 마음.

문구점에 가서 그 사람이 가장 좋아하는 색과 디자인의 편지지를 고르고, 해주고 싶었던 말, 지금 하고 싶은 말, 그 사람이 좋아하는 말들을 곰곰이 생각하고는 한 글자 한 글자를 꾹꾹 눌러 편지를 쓴다. 그리곤 마찬가지로 열심히 고른 봉투에 편지를 조심스레 넣어두곤, 설레는 마음으로 편지를 부치러 가거나 그 사람을 만나러 가는 길에 외투 안주머니에 숨겨두는 것이다.

우리 그때 참 좋았지?
나는 솔직하게 아직도 널 보면 떨려.
내가 생각했던 것보다 네가 훨씬 더 좋은가 봐.
너와 함께하고 싶은 것이 아직도 이렇게나 많아.
넌 언제나 배울 점이 있는 좋은 사람이야.
고마워. 사랑해. 앞으로도 잘 부탁해.

이런 진심들이 빼곡히 적혀 있는, 세상에서 가장 귀한 선물을 과연 누가 싫어할 수 있겠는가. 가끔은 느리고 불편한 것이 큰 감동과 사랑을 가져오기도 한다.

낮잠

모처럼의 휴일
나란히 누워 티브이를 보다가
서로 선물한 책을 몇 페이지 읽다가
어떤 노래를 듣다가 나른해지는 시간.

두 시간만 자자고 약속하고는
일어나보면 어느덧

해가 지고 있다.

그 상황이 웃기기도 하지만
웃음이 나오는 진짜 이유는
눈을 떴을 때
내 옆에 당신이 있기 때문일 것이다.
보고 있어도 보고 싶은 사람이
눈을 뜨자마자 내 옆에 있는데
어떻게 웃음이 안 나올 수 있을까.

신이 어두운 밤을 만든 이유는
괴로움을 잊게 하기 위해서라는 말이 있다.
신이 밝은 낮을 만든 이유는
우리가 서로의 품게 안겨서
잠깐 쉬어 갈 수 있게 해주려고 만든 게 아닐까?

당신과 함께 낮잠을 자는 이 시간.
불안함도 걱정도 슬픔도

아무것도 느껴지지 않는 완벽한 시간.
나란히 누워 사랑이 더 깊어지는 시간.

당신의 품에 안겨 잠든 이 시간이
세상에서 제일 소중하다.

기념일보다 중요한 것

연인을 외롭게 만드는 사람들이 지니는 특징이 하나 있다. 바로 기념일을 은근히 잘 챙긴다는 점이다. 여기까지 읽었을 때는 '기념일을 잘 챙기는 건 좋은 것 아닌가?' 싶을 수도 있겠지만, 문제는 기념일'만' 잘 챙기고는, '나 정도면 연인에게 잘해주는 사람이지'라고 생각하는 사람이 은근히 많다는 점이다.

평소에는 다정한 말 한마디, 소소한 선물 하나라도 건네면 지갑에 있는 돈이 다 사라지기라도 하는 것처럼 표현과 선물을 아끼던 사람이, 기념일만 되면 바라지도 않던 명품 선물을 하거나 근사한 곳에서의 식사를 대접하곤, '역시 나밖에 없지?'라는 표정을 짓곤 한다. 하지만 나중에 그런 사람과의 연애를 끝마친 뒤에 생각해 보면, 그 사람밖에 없기는커녕, 그 사람만큼 나를 외롭게 만드는 사람은 없었다는 것을 깨닫는다.

누군가와 진심으로 사랑에 빠진 사람들이 원하는 건, 값비싼 선물도 어쩌다 한 번 있는 호화스러운 데이트도 아니다. 그저 그 사람과 자주 만나는 것, 그 사람과 함께 자주 웃는 것, 싸고 별 볼 일 없는 것, 싸고 소소한 것이더라도 평소에 자주 주고받는 것을 원할 뿐이다.

이제는 당신이 외로운 사랑 말고, 서로가 한 송이의 꽃을 일 년 내내 건네는 마음으로 아침마다 잘 잤는지를 물어봐 주고, 밤마다 오늘도 힘껏 사랑했다고 말해 주는 사랑을 하게 되기를 빈다.

좋은 사람일 수밖에 없는 사람

• 1. 집안일 잘하는 사람

집이 먼지 한 톨 없이 깨끗하진 않더라도
자기만의 정리 정돈 규칙이 있고
대단한 요리까진 아니더라도
음식 몇 개쯤은 혼자 해서 먹을 줄 아는 사람은
집안일 뿐만 아니라 생활 전반
그리고 관계에서도 성실할 확률이 높습니다.

• 2. 잘 들어주는 사람

'그래서 어떻게 됐는데요?'

'정말요? 고생 많으셨겠다.'

상대방의 말을 흘리지 않고 들어주고
중간중간 적절한 질문을 섞어주는 사람은
훗날 가까운 사이가 되었을 때
누구보다도 내게 관심과 사랑을
많이 주는 사람이 되어줄 것입니다.

• 3. 일상을 공유하는 사람

오늘 먹은 점심이 맛있었다든가
산책하다가 본 한강이 예뻤다든가
일하다가 들은 농담이 웃겼다든가
사진 또는 정성스러운 장문의 메시지로
일상을 공유해주는 사람은
앞으로도 나를 웃게 해줄 사람입니다.

• 4. 칭찬해주는 사람

사실은 대단한 일을 해낸 것이 아닌데도
잘했다며, 역시 당신이 최고라며
칭찬을 아끼지 않는 사람은
내가 우울의 바닥에 떨어졌을 때도
끝까지 나의 자존감을
챙겨줄 사람입니다.

• 5. 잘 웃는 사람

아무리 지치거나 화가 나도
나를 마주할 때만큼은
최대한 웃으려 노력해주는 사람은
언제라도 나를 행복하게 해줄 사람
그러므로 함께 미래를 그려보기에
더없이 좋은 사람일 것입니다.

• 6. 미루지 않는 사람

서로의 취향이 비슷하거나
서로의 휴일이 겹치는 걸 알았을 때
그래서 만나서 놀자는 말이 나왔을 때
다음으로 미루지 않고 약속을 잡는 사람은
두 사람의 관계를 진지하게 생각하는
멋지고도 깊은 사람입니다.

타이밍

세상 사람들에게는 이상한 시간관념이 있다.

연인 사이라면 적어도 일주일에 한 번씩은
만나 줘야만 제대로 된 관계를 이어갈 수 있고
만난 지 며칠째에는 이 정도의 관계가 돼야 하며
만난 지 며칠 되는 기념일에는 적어도 어느 정도 이상의
선물을 주고받아야만 정상적인 연인이라며

자꾸만 표준적인 잣대를 들이미는 것이다.

이 시간관념은 나아가 나이에도 적용돼서
몇 살부터는 이런 연애를 해야 하고
몇 살부터는 결혼을 생각해야 하고
나이 차이가 몇 살 이상 나면 건강한 사랑이 아니라며
가만히 잘 만나던 사람들을 조급하게 만들거나
이상한 사람으로 만들어 버리곤 한다.

하지만 당신은 당신의 연인과 시간을 쪼개서 만나는
짤막한 데이트의 소중함을 아는 사람일 것이며
그런 순간들이 쌓여 만들어진 둘만의 기념일을
당신들만의 방법으로 축하할 줄도 아는 사람일 것이다.

또 가끔은 오래전에 즐겼던 연애의 방식이 생각나
몇 살이 됐건 교복을 입고 데이트를 즐길 줄 알고
싸고 소소한 것들로도 충분히 행복해할 줄 알 것이다.

그러다가 당신이 생각하기에
영원한 미래를 약속해도 될 것 같은 순간이 오면
당신만 건넬 수 있는 말들과 마음들로
세상에서 가장 멋지고 솔직한 청혼을 하게 되는 날이
언젠가 다가오기도 할 것이다.

어떤 연애를 하고 있든, 결혼을 생각하고 있든 말든
당신만의 타이밍과 속도를 찾는 것이 중요하다.
세상 사람들의 말은 들을 필요가 없다.
연애도 결혼도, 결국은 다른 사람들이 아닌
당신과 당신 옆에 있는 사람이 하는 것이니까.

건강한 다툼

물론 연인관계에서 다툼이라는 게 꽤 많은 부분을 차지하고, 다툼 없는 연애는 불가능하며 가능하다고 할지라도 어딘가 한 부분은 부작용이 생기기 마련이라고 사람들은 말하지만, 그렇다고 해서 그게 매일 일부러 싸워야만 한다는 말이 되는 건 아니다.

가끔 보면 싸우지 못해 안달이 나 있는 연인들을 발견할 때가 있다. 저 사람의 말과 행동에서 어디 꼬투리 잡을 부분은 없는지, 조금이라도 나를 무시하고 있지는 않은지를 모든 신경을 곤두세우고 살펴보는 것이다. 그러다 상대방이 조금이라도 내 심기를 건드리거나 평소와는 다르게 말하고 행동하는 순간, 날카로운 말투, 비꼬는 말투로 상처를 주기 시작하는 것이다. 애초에 싸움의 빌미를 만드는 순간들도 있다. 하지 말라는 일을 일부러 하거나, 가만히 있는 사람을 필요 이상으로 놀리는 방식으로 싸움을 위한 말과 행동을 일부러 주고받는 것이다. 이런 식으로 발발한 싸움은 전혀 건설적이지 않으며, 두 사람의 사랑을 더 건강하게 만들지도 않는다.

그렇다면 두 사람의 관계를 더 건강하게 만드는 다툼은 과연 어떤 다툼일까. 가장 먼저 그런 다툼은 먼 미래를 생각했을 때 함께 떠오르는 다툼이어야 한다. 내가 그 사람과 헤어지지 않고 오랫동안 함께하려면 이 문제는 꼭 짚고 넘어가야 할 텐데. 이번에 서로 충분히 대화하지 않으면, 또 모두가 마음 상하는 일이 언젠가는 반드시 생길 텐데. 그러한 순수한 걱정이 일렁일 때마다 다투는 것이 바로 건강한 다툼이다.

또한 그러한 건강한 다툼에는 상대방을 향한 존중이 늘 바닥에 깔려 있다. 일부러 상대방을 화나게 하려고 날카로운 말들을 골라서 던지는 게 아니라, 오히려 평소보다도 더 조심스럽게, 다정한 말투로 자신의 생각을 풀어가기 시작하는 것이다. 너의 잘못을 낱낱이 파헤치는 게 아니라, 너의 어떤 말과 행동이 나에게 날아와서는 이런 의미가 됐고, 그래서 내 마음이 어땠는지를 충분히 설명하는 것이 좋다. '너의 언행'에 관한 이야기는 최소화하되, '나의 마음'이 어떤지를 말하는 일에 더 무게를 싣는 것이다. 그러면 상대방은 맞불을 놓듯 화를 내기보단, 연인의 마음이 어떤 상태인지를 먼저 걱정하게 되고, 자신의 말과 행동을 되돌아보게 되며, 혹 억울하거나 서운한 부분이 있다고 하더라도 마찬가지로 다정하게 표현해오게 된다.

과거에 매몰되어 그 속에서만 허우적대는 다툼보단 앞으

로의 방향을 함께 정해가는 다툼, 내가 알고 있는 가장 따뜻하고 존중하는 말들을 골라서 서로에게 건네는 다툼, 다투는 와중에도 이 사람을 가장 사랑하는 사람은 나, 나를 가장 사랑해주는 사람은 이 사람이라는 사실을 잊지 않는 다툼이 이어지기를. 그래서 당신의 사랑이 오래오래 건강하게 살아남기를 바란다.

아름다운 다툼

우리는 반드시 똑똑하게 다투자.
지금 우리를 덮친 이 감정이
일시적인 감정은 아닌지 오해에서 비롯된 건 아닌지
먼저 잘 확인하고 스스로에게 여러 번 물어보자.

그래도 도저히 마음이 차분해지지 않는다면
서로의 잘못을 따져보기 전에

상처 주지 않기 위해 마음을 잘 정리해두자.

우리는 서로의 불행을 바라는 사이가 아닌
누구보다도 서로의 행복을 바라는 사이라는 걸
절대 잊지 말고 조심스레 대화를 시작해보자.

우리는 어른의 사랑을 하는 어른스러운 사람들이니
상대를 비꼬거나 모진 말을 던지거나
이미 끝난 대화를 다시 들추는 일은 하지 말자.

지금의 이 다툼이
우리를 더 좋은 곳으로 데려다줄
유일한 방법이라는 생각으로
그렇게 똑똑하고 다정하게
사랑 속에서 다투자.

사랑을 강하게 만드는 것

어떤 사랑의 방해꾼이 나타나도
웬만해선 헤어지지 않을 것 같은 연인들의 특징은
그 누구보다도 많은 대화를 나눈다는 점입니다.

다른 사람에겐 하지 못했던 이야기들
나만 알고 있었던 나의 비밀이나 습관들
어릴 때부터 늘 꿈꿔온 삶의 모습들

누구에게도 말할 수 없었던 상처들까지

상대방을 믿고 사랑하는 마음으로
들려주고 들어주는 시간을 가질수록
두 사람의 관계가 깊어지는 것은
어쩌면 당연한 일일지도 모릅니다.

많이 물어보고 많이 대답하세요.
많이 감동하고 많이 안아주세요.
대화만큼 사랑을 강하게 만드는 것은
아무것도 없으니까요.

조금만 천천히

그리고 빠르게

사랑이 어려운 이유는 여러 가지가 있지만
가장 큰 이유 중 하나가 바로 속도의 차이일 것이다.

남녀가 맨 처음 사랑을 시작했을 때
마음을 키우고 표현하는 속도는 다 다르고
또 남녀를 떠나서도 사람마다 모두
각자의 사랑의 속도가 따로 있기 때문이다.

어떤 사람은 사랑이 작게 피어오르기 시작하면
그걸 시간을 두고 서서히 키워가는 사람인데
상대방은 처음부터 모든 걸 불태우기 시작하면
그때부터 사랑의 불행은 시작된다.

완벽히 똑같은 마음을 갖기는 어렵겠지만
키가 다른 두 사람이 함께 걸을 때
서로의 걸음걸이와 보폭을 배려하면
오랫동안 함께 걸을 수도 있는 것처럼

사랑에 빠진 두 사람 역시
각각의 사랑의 속도를 높이거나 낮추면서
그들만의 중간 지점을 찾아간다면
오래오래 행복할 수 있지 않을까.

이별 공포증

그럴 때가 있어.
그 어느 때보다도 우리는 좋은데
갑자기 덜컥 이별이 두려워질 때가.

나는 평소에 걱정도 잘 안 하는 성격인데
도대체 왜 이러는 걸까, 오랫동안 생각해봤어.
그리고 내가 내릴 수 있는 답은 딱 하나였어.

나도 모르는 사이에 내가 너를
너무 많이 좋아하게 돼서 그래.
너 없는 나는 상상할 수 없게 돼서 그래.
그래서 오지도 않을 먼 미래의 이별을
벌써 무서워하고 걱정하게 되는 거였어.

하루는 괜히 더 겁을 먹기 전에
마음을 덜 주려고도 해봤는데
어째선지 그게 더 어렵더라.
그만큼 내가 널 많이 사랑하기 때문이겠지.

너도 이 마음을 알아줬으면 좋겠어.
너와의 이별을 걱정할 만큼
너를 많이 사랑하고 있다는 걸 알고
나를 칭찬해주거나 안아줬으면 좋겠어.

사랑해.
네가 아는 것보다도 훨씬 더 많이 말이야.

이번 달에도 사랑해

오늘, 이번 달, 올해도 잘 부탁한다는 말
그리고 오늘, 이번 달, 올해도
너를 사랑하겠다는 말이 좋다.

그 말을 입 밖으로 내놓는 순간
따분하고 막막하기만 했던 코앞의 미래가
왠지 모르게 잘 풀릴 것만 같고

혼자가 아니라는 느낌에
아무리 험난하더라도 해볼 만하게 다가온다.

또 너에게도 그렇다.

아무리 세상이 각박해지고
믿을 사람은 줄어드는 세상 속에서
나만큼은 사랑하는 사람의 이름으로
그 정도 약속은 해줄 수 있기 때문이다.

오늘 아무리 힘든 일이 있었다고 해도
이번 달이 아무리 바쁠 예정이라고 해도
올 한 해가 유난히 막막할 거라고 해도

나만은 어디 가지 않고 여기에 남아서
너를 오늘도 이번 달에도 올해도
변함없이 사랑하겠다는 약속

그 약속만큼은 전부 네게 주고 싶다.

내 사랑만은 너 다 가져도 된다고

손 꼭 잡으면서 말해주고 싶다.

Part 2

사랑의 밤

⋮

웃는 날보다 우는 날이 더 많은 것 같다면,

무섭겠지만, 당장은 크게 아프고 슬프겠지만,

도망치자. 그만두자.

괜한 미안함

이렇게 좋아할 줄 알았으면
조금 더 일찍 데리고 올걸.

그렇게 비싼 것도 아닌데
더 비싼 걸로 사줄걸.

오늘처럼 힘들어하는 날 회사 대신

네 옆에 있어 줬으면 좋았을걸.

그토록 기다려온 여행이었으니
날씨가 더 좋았으면 좋았을걸.

그렇게 나는 가끔 네게 미안해한다.
사실은 미안해할 일이 아니어도
미안해지는 날이 많아진다.

더 좋은 걸 더 자주 못 해줘서.
더 부자가 아니고 일도 많아서.
날씨가 좋은 날을 고르지 못해서.
고작 이런 내가 너를 사랑해서.

사랑이 너무 커지면 그렇게 된다.
네게 모든 것이 다 미안해진다.
세상을 다 주지 못해서 슬퍼진다.

헤어짐의 냄새

사소한 농담들이 줄어든다거나
더는 나를 궁금해하지 않는다거나

피곤하다는 말이나 바쁘다는 말을
전보다 훨씬 자주 하게 된다거나

좀처럼 웃는 얼굴을 잘 안 보여주고

그 어떤 표정도 보여주지 않는다거나

일방적으로 짜증을 내고
다툼조차 피하려 한다거나

자신보다도 살뜰히 챙겨주던 나를
철 지난 장난감처럼 방치하곤 한다거나

더 이상 그 사람의 미래에서
나를 찾지 못하게 되었다거나

원래라는 말

치트키라는 말이 있다. 게임을 할 때 그 게임을 클리어하기 쉽게 해주는 명령어를 뜻하는데, 사람들은 일상에서도 이 치트키라는 말을 자주 쓰곤 한다. 어떤 과제나 업무를 하는 데에 있어서 남들보다 훨씬 더 쉬운 방법을 찾았을 때도 치트키를 쓴다고 말하고, 요리할 때 웬만해선 맛이 없어질 수가 없는 식재료나 조미료를 넣을 때도 치트키를 사용했다고 말하는 식이다.

사랑이라는 관계에서도 치트키 같은 말은 있다. 바로 '원래'라는 말이다. 원래라는 말은 힘이 세다. 다투게 된 상황, 그리고 그 다툼에서 궁지에 몰린 상황에서도 원래라는 한마디로 다른 모든 말들을 무시할 수 있게 되는 상황도 흔하다.

'원래 나는 그런 거를 전혀 이해하지 못해.'
'나는 원래 이런 사람이라서 그래.'
'왜 그렇게 말하고 행동해? 우리 원래는 안 이랬잖아.'

이런 말들을 들으면, 듣는 사람 입장에서는 말문이 턱 막힐 수밖에는 없다. 마치 벽을 보고 대화하는 느낌이 드는 것이다. 내가 아무리 내 감정과 상황을 설명해도 이 사람의 마음속까지는 가서 닿지 못하겠구나. 우리의 소통은 여기까지겠구나 하고 생각하게 된다. 결국 이쪽에서 백기를 들면서 갈등은 막을 내린다. '원래'라는 카드를 꺼내 들었던 사람은 의기양양하게 승리를 거두곤, 역시 내 말이 늘 맞아, 너는 너무 감정적인 면이 있어, 그런 말들을 아무렇지 않게 건네기도 한다.

하지만 분명히 알아둬야 하는 것은, 연애는 승자와 패자가 갈려야 하는 게임이 아니라는 점이다. 승자와 패자가 갈리는 게임에서야 그 게임을 조금 더 쉽게 마무리 지을 수 있는 치트키가 꼭 필요할 수도 있겠지만, 애초에 연애에서는 승자와 패자를 나눌 필요도 없으니 '원래'라는 치트키는 웬만하면 쓰지 말고 넣어두는 것이 더 좋을 것이다. 나의 잘못과 책임을 아예 없는 일로 만들어 버리는 원래라는 말, 상대방과의 대화를 전부 차단하는 원래라는 말을, 이제는 두 사람 모두를 위해서 그만 놓아줘야 할 때다.

말투가 변한다는 건

사랑이 익숙하고 편해지면 변하는 것에는 무엇무엇이 있을까. 그런 것이야 이것저것 많겠지만, 그중 가장 겉으로 드러나는 것은 아마도 말투가 아닐까.

연애 초에는 단어 하나조차 조심스럽게 골라서 말해야 했을 것이다. 내가 어떻게 말하는지에 따라 내 앞에 있는 사람이 내게 호감을 품을 수도 있고 실망할 수도 있겠다는 생각에 늘 긴장한 상태로 말하느라 조금은 지치기도 했을 것이다.

하지만 서로가 어떤 사람인지 어느 정도 파악되고, 두 사람의 사랑이 안정적인 궤도에 오르고 나면, '내가 어떻게 말하는지에 따라 이 사람이 떠날지도 모른다'는 걱정은 이제 더는 하지 않게 된다. 이 사람은 내 사람이라는 생각, 조금은 편하게 대해도 괜찮겠다는 생각에 푹 젖어 들게 된다.

그러다 보면 필요 이상으로 대화가 편해질 때가 온다. 당신은 나를 잘 아는 사람이니, 이 정도는 다 알 거라는 마음으로 대충 말하게 된다. 바쁘다는 이유로 밤마다 나누던 하루의 이야기를 뒤로 미루게 된다. 상대방의 행동이나 옷차림 같은 것들이 마음에 안 들 때마다 일부러 상처가 되는 말들을 골라 날 세워 말하게 된다.

하지만 이것 하나만큼은 잊지 말았으면 좋겠다. 내 옆에 있는 사람은 내게는 누구보다도 편해진 사람, 안정적인 사랑을 주는 사람이지만, 그만큼이나 이쪽에서도 사랑을 주고 안정감을 줘야 하는 사람이라는 것을. 다른 곳에 가서 다른 사람을 만나면, 마찬가지로 그 사람을 설레게 하고 긴장하게 만들 수 있는 멋진 사람이라는 사실을 말이다. 부디, 당신이 사랑 앞에서 편안함과 무신경함을 헷갈리지 않았으면 좋겠다.

사랑할수록 사소한 것에 서운해진다

오랫동안 답장을 하지 않는다거나
그 사람이 몰랐던 약속에 간다거나
아픈 것을 걱정해 주지 않는다거나
혼자 말도 없이 밥을 먹고 들어온다거나

어쩌면 당신에게는 별것 아닌 것들이겠지만
그 사람을 크게 서운하게 만드는 일들입니다

잊지 마세요

당신의 한숨 한 번이

그 사람에겐 겨울바람이 되고

당신이 아무렇게나 문을 닫는 소리에도

그 사람은 넘치던 눈물을 쏟을 수 있다는 걸

눈물

남들보다 눈물이 많은 사람은
바보 같은 사람이 아니다.
다만 다른 사람들보다
마음이 조금 더 말랑말랑할 뿐.
어쩌면 감정에 솔직한 것일 수도 있다.

꼭 눈물이 슬픈 것을 봐야만

나오는 것은 아니다.
너무 아름다운 것을 보거나
너무 기쁜 것을 볼 때도
눈물부터 차오를 때가 있다.

눈물에는 정화 작용이 있다.
실컷 울고 나면 기분이 제법
괜찮아지는 것처럼
무언가를 씻어내고
무언가를 덜어내는 역할을 한다.

어릴 때나 눈물을 흘린다는 게
약점이나 단점처럼 보였을지 몰라도
어른이 되면 오히려 눈물을 흘리고 싶어도
흘리지 못할 때가 훨씬 더 많다.

눈물을 잘 흘린다는 건
그만큼 마음이 여리고 착하다는 것이다.

깔끔한 용서란

사랑하는 사람이 명백하게 잘못을 저질렀는데, 도대체 어떻게 용서해야 하는 건지를 모르겠다며, 친구 사이에서의 용서는 참 쉬운데 왜 연인을 용서하는 것은 힘든지 모르겠다며 어려움을 호소하는 사람이 제법 많다.

당연한 일이다. 친구끼리는 그 사이가 정말 끈끈하다면 무슨 말과 행동을 해도 웬만해선 괜찮다. 물론 영원히 멀어지는 친구 관계도 있기는 있지만, 상대적으로 연인관계보다는 훨씬 견고하고 편안한 느낌이 있는 것이 사실이다. 그래서 어느 한쪽이 잘못을 저질렀다고 할지라도 가볍게 사과하고 가볍게 용서하는 것이 대부분이다. 때로는 한쪽이 사과를 건넨다고 하더라도 '우리 사이에 무슨 사과냐'라면서 대수롭지 않게 여기는 경우도 많다.

하지만 연인관계는 어떠한가. 두 사람이 가깝고 뜨거울 땐 그 어떤 친구 사이보다도 각별하지만, 그만큼이나 상처를 주거나 실망하기도 쉬워서 안정적이지 못하고, 혹시라도 어떤 이유로 헤어지게 되지는 않을지 늘 노심초사하게 된다. 가볍게 주고받는 말과 행동도 때로는 크거나 다르게 해석하고 과민하게 반응한다. 자주 기뻐하는 만큼 자주 서운해하고 하루에도 몇 번씩 한 사람의 기분을 롤러코스터처럼 오르락내리락하게 만든다. 그래서 어려운 거다. 연인의 잘못을 용서해주는 일이란 말이다. 다시 크게 상처받을까 봐서. 이런 순간들이 쌓여서 결국 이별이 될까 봐서.

그렇다면 과연 사랑하는 사람의 잘못을 어떻게 다뤄야 하는 걸까. 도대체 깔끔한 용서란 무엇일까. 간단하다. 나의 감정과 그 사람의 잘못에 집중하기보단, 두 사람의 방향과 미래를 더 크게 생각하면 된다. 지금 이 순간 이후로는 절대 그 잘못을 다시 언급하지 않을 것을 말해주되, 지금 내가 넘어가는 것이 절대 당신이 잘해서도 내가 바보라서도 아닌, 사랑하기 때문, 이 관계를 아끼기 때문임을 짚고 넘어가야 한다. 만약 다음에도 이와 비슷한 잘못을 저지른다면, 그땐 절대 지금처럼 넘어가지는 않을 것임을 설명해주는 것도 필요하다. 그렇게 용서의 올바른 방법을 서로가 학습해야 모두에게 현명한 연애가 계속될 수 있다. 사람은 누구나 실수하기 마련이기에, 이번엔 당신이 잘못하고 내가 용서를 하고 있지만, 다음에는 내가 무언가를 잘못하고 당신이 용서를 베풀 수도 있기 때문이다.

며칠이면 날아가 버릴 감정과 잘못에 사로잡혀, 무엇보다도 소중한 미래를 저버리지 않게 되기를 바란다.

첫사랑

일 년 열두 달을 꽉 채워 함께하고 싶다가도
혹시라도 함께 산책하다가 당신 그 다리가
물놀이를 하다가 당신 그 살결이
하늘 구경을 하다가 당신 시선 부스러기가
눈사람을 만들다가 당신 온기 한 조각이라도
닳아 없어져 버리진 않을까 걱정됐던 사람이

그래서 함부로 함께하자고 말할 수 없었던 사람이
한때 내게도 있었습니다.

당신은 내 첫사랑입니다.

한번 그리움에 속으면

한 사람과의 연애가 안정기에 접어들 즈음, 그때부터 서서히 우리 시야에는 다른 것들이 들어오기 시작합니다. 사랑에 몰입하느라 한동안 방치하고 있었던 취미생활과 친구관계, 일 같은 것들을 뒤늦게 신경 쓰기 시작하는 것입니다. 한때는 사랑만이 내 세상의 전부라고 생각했었는데, 현실적으로 그럴 수만은 없다는 것을 인지하곤, 사랑과 생활 사이에서의 균형을 점점 잡아가기 시작합니다.

지난 연인의 소식 같은 것들도 마찬가지입니다. 전혀 궁금하지 않았고 앞으로도 궁금해할 일이 없을 것만 같았던 지난 연인의 소식들이, 지인을 통해서건 SNS를 통해서건 들려오기 시작합니다. 지금의 연인을 사랑하는 만큼 한때 나의 전부였던 사람이었을 텐데, 조금도 흔들리지 않는다면 그건 거짓말이겠죠.

사람은 무엇이건 비교하고 보는 동물이기에 당연히 지금의 연인과 이전의 연인을 비교하기 시작합니다. 그리고 그것은 아주 커다란 비극을 불러올 수도 있습니다. 왜냐하면 그리움은 자꾸만 지나간 사람과 그 사람에 관한 기억들을 미화시키기 때문입니다.

'맞아, 그때 참 행복했지.'
'그 사람은 누구보다도 멋진 사람이었지.'

그런 식으로 생각하다 보면, 이상하게 지금의 연인보다 지난 연인이 더 좋은 사람이었던 것 같고, 그때가 더 행복했었던 것만 같아집니다. 그리고 그런 마음 탓에, 알게 모르게 안정적으로 유지해가던 지금의 사랑에 소홀해지게 될 것입니다. 그 과정에서 누군가는 지금의 사랑을 저버리고 지난 사랑으로 돌아가려고 마음먹는 돌이킬 수 없는 선택을 하기도 합니다.

하지만 현실은 냉혹합니다. 지나간 사람이, 지나간 사람과의 기억이 아름답게만 느껴졌던 것은, 단지 내가 그리움이라는 감정에 속았기 때문이라는 것을 이내 깨닫게 되는 것입니다. 아무리 후회해도 그땐 늦습니다. 안정적인 사랑을 만들어가던 그 사람은 이미 나로부터 상처받고 떠나간 지 오래고, 다시 만나볼까 생각했던 과거의 사람도 이제는 나를 그리 사랑해주지 않을 확률이 높을 것입니다.

그리움이라는 감정에 속지 마세요. 그리움은 편안함보다 매혹적이지만, 건강함보단 오히려 해로움에 가까운 감정이니까요. 지금의 사랑을 이끌어가는 데에 전혀 도움이 되지 않는 감정이니까요.

그 사람과 어떤 이유로 어떻게 헤어졌고, 그 이별 때문에 얼마나 아팠는지를 잘 생각해보세요. 그리고 지금 함께 하고 있는 사람과는 다시는 그 전철을 밟지 않겠다고 다짐하세요. 선택은 모두 당신의 몫이지만, 떠나간 지금은 다시 돌아오지 않을 것입니다.

나를 비참하게 만드는

애정 어린 눈빛으로 내 말을 잘 들어주던 네가
한 번도 내 얼굴을 보지 않고 대답을 이어갈 때.

고작 오 분 보려고 한 시간도 더 달려왔던 네가
오 분의 여유도 없다며 전화를 끊으려 할 때.

보고 싶지는 않은지 언제 사랑한다고 말했었는지

이런 말까지 해야 한다는 사실을 자각할 때.

한때 그 사람에게 주말의 존재 이유였던 내가
이젠 질려버린 장난감처럼 방치됐음을 느낄 때.

하나같이 나를 비참하게 만드는 순간들.

그런 날

내게도 그런 날이 있다.
배는 고픈데 먹고 싶은 게 하나도 없는 날.
잘못한 것도 없는데 혼나는 것만 같은 날.
뭘 입어도 안 어울리는 것 같은 날.

그런 날엔 누가 나 좀 안아주면서
그런 말 좀 해줬으면 좋겠다.

하루쯤은 굶어도 괜찮을 거라고.
네가 잘못한 것 하나도 없다고.
옷 좀 안 어울려도 문제없다고.
오늘 하루는 마음대로 지내보자고.

오늘따라 내 얼굴도 볼품없고
누가 말만 걸어도 울먹일 것 같지만
그런 것 다 상관없으니
그냥 그렇게 안아주기만 했으면.
그렇게 내가 듣고 싶은 말
아무도 해주지 않았던 말
아무렇지도 않게 해줬으면.

그럼 나는 누구보다도 편하게 무너져서
울다가 웃다가 다시 울고
내일을 새것처럼 다시 시작할 수 있을 텐데.

나를 외롭게 만드는 사람

당신은 어쩌다 사랑에 빠질 것이다. 당신이 먼저 그 사람을 마음에 들어 할 수도 있고 그 사람이 먼저 당신에게 접근할 수도 있을 것이다. 하지만 누가 먼저인지는 생각할 겨를도 없이 두 사람은 서로를 뜨겁게 사랑하기 시작할 것이다. 통화하느라 몇 시간이 지났는지도 모를 것이며 그 사람이 하는 말과 행동이 전부 예뻐 보일 것이다.

하지만 어느 날부터는 둘 사이의 분위기가 조금 달라진 것을 느끼기도 할 것이다. 매일같이 듣던 보고 싶다는 말과 사랑한다는 말이 잦아들어, 어느 순간부터 애정 표현을 구걸하듯 바라는 당신이 있을 것이다. 데이트 장소와 만나서 먹을 음식을 혼자서 다 정하는 당신, 바쁘다는 이유로 잦아든 연락 때문에 핸드폰만 내려다보는 당신, 그렇다고 이야기 좀 하자고 또는 헤어지자고 말하기엔 여전히 그 사람을 누구보다 사랑하는 당신이 있을 것이다.

당신을 외롭게 만드는 사람은 만나지 마라.

바쁘다는 말, 까먹었다는 말, 시간이 흘렀으니 설렘보단 익숙함이 어울릴 때가 됐다는 말은 변명이 될 수 없다. 다른 연인들도 다 그렇지 않으냐며 말해온다고 하더라도, 잘 살펴보면 그렇지 않은 연인들도 충분히 많다.

사랑하는 동안 당신은 비참한 감정보다 행복한 감정을 훨씬 더 자주 느껴야 한다. 그러려고 하는 사랑이다. 그러자고 시작한 사랑이었을 것이다. 만약 그게 아니라면, 웃는 날보다 우는 날이 더 많은 것 같다면, 무섭겠지만, 당장은 크게 아프고 슬프겠지만, 도망치자. 그만두자.

속고 속이는 사랑은 하지 마라

사랑에 빠지면 누구나 거짓말쟁이가 되곤 한다. 당연한 일이다. 지금 이 순간이 너무 행복하고 소중하면 사람은 누구나 이런저런 거짓말을 할 수밖에 없게 된다.

사랑 앞에서 거짓말하는 이유는 여러 가지다. 우선 잘 보이고 싶어서가 있다. 나는 지금 가진 것도 없고 거울 속의 내 모습도 마음에 들지 않는데, 그 사람이 너무 좋아진 바람에 지금의 있는 그대로의 내 모습보다 훨씬 예쁘고 멋있는 모습을 보여주려고 하다 보니 자꾸만 속이게 되는 것이다. 또 바보 같은 모습보단 똑똑한 모습만을 보여줘야 내 앞에 있는 이 사람이 나를 오랫동안 떠나지 않을 거라고 믿게 되기 때문도 있을 것이다.

다음은 주변의 시선을 의식하다 보니 하게 되는 거짓말들이다. 세상의 거의 모든 사람이 아름답다고 하는 사랑의 모습이 있다. 기념일에는 꽃다발을 받아야 하고 근사한 곳에 가서 식사를 해야 하며, 한 달에 한 번쯤은 무조건 여행을 가야 한다는, 남들 다 가는 곳에 가서 서로의 사진을 찍어주고 이렇고 저런 비싼 선물을 주고받아야 한다는 모습 말이다. 하지만 그건 말 그대로 유행일 뿐, 사람과 연인에 따라 좋은 사랑의 모습이라는 건 따로 있을 수밖엔 없는데, 그 사실을 인지하고 인정하지 않고 무조건 외부의 가치관에만 나의 사랑을 끼워서 맞추는 순간, 거짓 가득한 사랑은 시작돼버리고 만다. 우리가 이만큼이나 잘 지내고 멋지게 연애한다는 것을 자랑할수록, 우리의 진정한 행복은 점점 시들어간다는 것을 모르고 말이다.

마지막으로는 '다치기 싫어서'가 있겠다. 첫사랑이 아닌 이상, 누구에게나 사랑 때문에 생긴 상처가 하나씩은 있을 수밖엔 없다. 그래서 지금의 연인에게만큼은 다시 비슷한 상처를 받기 싫어서, 자꾸만 속마음을 숨기게 된다. 나는 사실 이런 게 서운하고 저런 게 갖고 싶은데, 내가 꿈꾸는 연애는 이런 게 아닌데, 이런 속마음들을 거짓 없이 보여주는 순간 이 사람이 내게 커다란 상처를 줄 수도 있다는 막연한 두려움이 있는 것이다. 또 믿었던 만큼 배신감과 아픔도 크다는 것을 경험을 통해 알게 됐으니, 자연스레 나이가 들수록 사랑 앞에서는 거짓말이 늘어가고 겁만 많아지는 것이 당연하다.

하지만 속이는 사랑의 결말은 어땠나. 늘 한 사람 또는 두 사람이 흘리지 않을 수도 있었을 눈물을 흘리며 마무리 지어지곤 했다. 그리곤 뒤늦게 후회하기 시작하는 것이다. 그때 솔직히 말하고 표현할걸. 그때 내가 꿈꾸는 사랑은 이렇다고, 우리 둘만의 사랑을 만들어가자고 말할걸 하고 말이다. 속이는 사람도 힘들겠지만 속는 사람 역시 괴롭기는 마찬가지다. 상대방이 나를 그만큼이나 사랑해서 거짓말한 것도 있겠지만, 그보다는 왜 속여왔는지, 왜 그동안 나를 이렇게 속여와서 지금의 나를 아프게 하는지와 같은 원망이 더더욱 클 것이다.

그러니 인정하고 고쳐가야 하는 것이다. 사랑이 커진 뒤에 후회하고 상처받고 괴로워하는 것보다는 처음에 조금 창피하고 별 볼 일 없는 사람처럼 보일지라도, 이게 나고 이게 내가 꿈꾸는 사랑이라는 것을 보여주고, 상대방 역시 있는 그대로 바라봐줘야만 한다. 속여서 도착한 곳에서는 행복을 찾을 수 없다.

사랑이 일처럼 느껴지는 순간

사랑을 놀이처럼 가볍게 여기는 것도 문제지만
더 큰 문제는 사랑이 일처럼 느껴지는 순간이다.

연인과의 만남이 언젠가부터
휴식과 행복의 시간이 아닌
인내와 배려로만 가득해지기 시작하면

머리로는 괜찮다고 행복하다고 외쳐도
마음은 서서히 지쳐가기 시작할 것이다.
그러다 보면 전에는 쉽게 넘길 수 있었던
연인의 말과 행동에도 쉽게 짜증을 내게 되고
자연스레 다툼의 빈도는 높아지는 것이다.

최악의 경우엔 처음의 설렘도 추억들도
온데간데없이 잊고는 이제는 다 질렸다며
관계를 끝내버리게 될지도 모르는 일이다.

요즘 들어 바빠져서 지치는 것 같다고
혼자만의 시간을 보내지 못했던 것 같다고
하지만 여전히 너와의 시간이 소중하고
너를 처음 느낌 그대로 사랑한다고
그러니 조금은 여유로운 데이트를 하거나
더 나은 사랑을 위해 하루쯤은 쉬어가기도 하자고
진솔하게 말해보는 과정도 때로는 필요하다.

삶의 피로감은 언젠가 녹아서 사라지겠지만
사람 하나가 떠나간 뒤에 남은 가슴의 구멍은
그 무엇으로도 다른 누구의 존재로도
똑같이 채워지지 않는 법이니까.

오늘

작은 감정이라도 쌓아두지 않고
그때그때 해결했어야 했던 건데
서로의 다른 점을 마주했을 땐
틀리다고 여기지 말아야 했는데

나는 뭐가 그렇게 두려워서
너를 놓치고 말았던 걸까

정말로 두려워해야 했던 건
이렇게 돼버린 오늘이었을 텐데

할머니의 말씀

• 1.

일 때문에 피곤해도
널 대하는 태도가
바뀌지 않는 사람을 만나라.
진짜 사랑은 컨디션을 타지 않는다.

• 2.

기쁘고 좋은 일뿐만 아니라
슬프고 속상한 일도
함께 나눌 수 있는 사람을 만나라.
좋을 때만 사랑인 건 사랑이 아니다.

• 3.

만나지 못하는 날엔
전화라도 하자며 먼저 전화를
걸어오는 사람을 만나라.
하루의 끝을 함께할 수 있는 사람 말이다.

• 4.

애정 표현이나 애교가 많아서
나를 사랑하냐고 물어볼 필요가
없는 사람을 만나라.
표현은 구걸해서 듣는 게 아니다.

• 5.

좋아하는 걸 많이 해주기보다는
싫어하는 것을 하지 않는 사람을 만나라.
진짜 사랑한다면 그 사람이 싫어하는 것은
죽기보다 하기 싫어지는 법이다.

• 6.

새로운 사람을 만나기보다는
너랑 둘이 노는 것을
더 좋아하는 사람을 만나라.
연인은 평생의 단짝이기도 하단다.

• 7.

무엇보다
다정한 사람을 만나라.
천성이 다정하고 따뜻해야
일평생 평화롭게 살 수 있을 거다.

잘 울어야 한다

많은 질병과 사고의 후유증 중에 교통사고 후유증이 특히 더 무서운 이유가 있다. 처음 사고를 당했을 때 겉으로 드러나지 않는 출혈이나 외상이 없기에 괜찮은 줄 알고 넘어가는 경우가 많은데, 사실 겉에선 보이지 않는 출혈과 내상이 치료되지 않은 상태로 방치되면 이후에 치명적인 문제가 생길 수도, 손쉽게 치료할 수 있었던 증상이 악화돼 더 큰 문제가 될 수도 있기 때문이다.

이렇게 겉으로 드러나지 않는 출혈이 건강에는 더 치명적인 것처럼, 이별 역시 마찬가지다. 정말로 사랑했던 사람과의 이별을 맞게 됐는데 이상하게 눈물이 나오지 않는 사람이라면, 아니면 억지로 눈물을 참는 사람이라면, 이 글을 조금만 더 집중해서 읽어준다면 좋겠다.

내게 어떤 일이 일어나든 울지 않는 것이 가장 좋으며, 내 아픔과 고민을 주변에 털어놓지 않는 것이 그들에게 민폐와 걱정을 끼치지 않는 일이라고 믿는 것은 잘못됐다. 그러한 모습이 당장은 어른스러워 보이고 나의 일상을 이상 없이 굴려 가는 일 같겠지만, 분명 마음속 어느 한구석은 썩고 고장 난 채로 방치되고 있을 텐데, 억지로 그걸 앞으로 밀어붙이거나 못 본척하면, 나중에 더욱 걷잡을 수 없는 아픔과 슬픔이 될 것은 불 보듯 뻔한 일이다. 마치 교통사고의 후유증처럼 말이다.

그러니 이별이 당신을 울리려 한다면 기꺼이 울어주자. 때로는 아픔과 상처, 슬픔을 겉으로 드러내야만 빨리 치유

되는 마음도 있는 법이니까. 오래 아프지 않기 위해서, 빨리 괜찮아지기 위해서 우리는 울고, 괴롭다고, 안아달라고 사람들에게 말할 줄도 알아야 한다. 그래도 된다. 사랑은 아무리 나이가 들어도 능숙하게 할 수 없는 일이고 누구나 사랑 앞에서는 아이가 되는 법이다. 그렇기에 이별 역시 커다란 일일 수밖에 없는 일이고 말이다.

크게 울어라. 그래야 마음도 몸도 맑아진다. 몸과 마음이 괜찮아져야 새로운 사랑을 꿈꿀 수도 있을 것이다.

이별을 완성시키는 법

이별이 힘든 이유에는 여러 가지가 있겠지만, 가장 힘든 것은 생활의 곳곳에 헤어진 사람의 흔적이 묻어 있기 때문이다. 나는 세상에 여전히 살아있고 내가 사는 집에 있는 물건들도, 그 사람과 찍은 사진도, 수저도, 머그컵도, 칫솔도, 선물 받은 것들도 그대로 있는데, 딱 하나, 그 사람만 없어서 끝없이 괴롭고 슬퍼하게 되는 것이다.

그래서 몇몇 사람들은 결단한다. 그 사람이 준 선물과 편지, 같이 찍은 사진을 비롯한 모든 것을 자신의 세상에서 없애버리기로 말이다. 사진과 편지를 태워버리고 선물은 버리거나 팔아버린다. 그 사람의 소식을 알려오는 SNS나 메신저를 전부 차단하고 아예 처음부터 없었던 사람 취급을 하겠다는 것이다.

물론 처음에는 효과가 있을 수 있다. 당장 집에서 주변을 둘러봐도, 핸드폰을 열어봐도 그 사람에 관한 것들이 깔끔히 사라지고 없으니, 이대로라면 금방 일상으로 돌아올 수 있고 새로운 사람도 만날 수 있을 거라는 근거 없는 자신감마저 샘솟을 것이다.

하지만 이 세상에는 내가 지우고 싶다고 지울 수 없는 것도 있으니, 바로 어떤 시간과 장소들이 그렇다. 첫눈 오던 날, 크리스마스, 새해 첫날, 여름 휴가철, 함께 해 뜨는 것을 바라봤던 때 같은 것들은 기억 속에 깊이 각인된 지우려야 지울 수 없는 순간들이다. 장소들은 또 어떤가. 함께 자주 찾았던 맛집이나 함께 걸었던 거리 같은 곳들은, 아무리 지나치려고 애쓴다고 해도 언젠가 한 번쯤은 반드시 지나게 될 때가 있기 마련이다.

그런 것들을 마주하는 순간, 당신이 그 사람을 잊기 위해 했던 노력들은 모두 물거품이 된다. 물건 하나 없애고 소식 하나 보지 않을 때마다 조금씩 사라졌던 추억들이, 시간과 공간 한 조각으로 모두 고스란히 복원되기 때문이다.

그렇다면 어떻게 하면 좋을까.
어떤 이별이 옳은 이별일까.

나는 그 사람에 관한 것들을 흔적도 없이 치워버리는 것보단, 오히려 그것들을 얼마간은 있었던 그대로 방치는 것이 오히려 좋다는 생각을 자주 한다. 당장 그것들을 접할 때마다, 그 사람의 소식을 접할 때마다 괴롭고 눈물 나겠지만, 그때도 그것들을 외면하기보단 그것들을 있는 그대로 마주하고, 내일도 마주하고, 모레도 마주해보려 애쓰는 것이다.

그러다 보면 그것들도 아주 서서히 무뎌지고 일상적인 것들이 되기 시작한다. 처음에는 나를 한 시간 동안 울게 했던 것들이 어느 순간 십 분을 울게 할 것이다. 그리고 어떤 날엔, 결국 그것들을 봐도 한 방울의 눈물도 흘리지 않게 될 때가 오는 것이다.

나는 그때가 비로소 이별이 완성되는 순간이라고 생각한다. 그 사람에 관한 것들을 봐도 하나도 아프지 않을 정도로 무뎌졌을 때, 우리는 비로소 그 사람으로부터 졸업하게 되고, 새로운 사랑을 해도 괜찮은 마음 상태가 되는 것이다.

물론 쉽지 않을 것이다. 내가 말한 이별의 방식이 모두에게 적합한 방식이라고도 말 못 하겠다. 하지만 적어도 지금 아프고 말지, 나중에 오래 아프게 될지를 현명하게 선택하는 방법 정도는 스스로가 파악하는 사람이 되어간다면 좋겠다.

만나지 말아야 하는 사람

• 하나. 나를 물건으로 생각하는 사람

나의 외적으로 드러나는 부분들을
필요 이상으로 주변에 과시하지만
한편으로는 본인이 필요할 때만 나를 찾고
때로는 나의 존재 자체를 귀찮아하고
잊어버리기까지 하는 사람

• 둘. 못 배운 티가 나는 사람

사람들을 대하는 말투라든가
게임을 하거나 운전을 할 때의 태도
친구들과의 모습에서도 못 배운 티가 나서
함께 있는 나까지 부끄럽게 만드는 사람

• 셋. 매일 걱정시키는 사람

순수한 걱정의 수준을 넘어서
매일같이 술을 마시느라 연락이 안 되고
시도 때도 없이 이성 문제를 만들고
무엇 하나 진득하게 해내지 못해서
나를 잠도 못 자게 만드는 사람

• 넷. 자기만 아는 사람

연애는 분명 혼자가 아닌 둘이 하는 건데
항상 자기에게 필요한 것부터 해결하고
나와의 시간은 그 뒤에야 생각하거나

그마저도 내키지 않으면 그날의 컨디션 등
갖은 핑계를 들어가며 숨어버리는 사람

• 다섯. 마음이 건강하지 못한 사람

서로 간의 마음의 상처는
사랑과 나아지고자 하는 의지만 있다면
얼마든지 품어줄 수 있고 그래야 하지만
나아지려는 의지도 없이
무작정 우울할 수 있는 권리를 주장하고
그 우울을 나에게도 전염시키는 사람

Part 3

사랑의 아침

⋮

한 번 질릴 때까지 놀아보자.

나는 너랑 있는 게 제일 좋아.

너는

내 꿈

그런 사람이 되기를 꿈꿔요.

너에게만 다정한 사람.
늘 네가 최고라고 말하는 사람.
무엇이든 배울 점이 있는 사람.
외적으로도 단정히 가꾸는 사람.
당신을 남들과 비교하지 않는 사람.

다름을 인정할 줄 아는 사람.
사소한 것도 기억해주는 사람.

또 그런 사랑을 해주길 꿈꿔요.

단 한 번도 믿음을 깨지 않는 사랑.
무엇이든 잘했다며 칭찬해주는 사랑.
내 눈엔 너만 보인다며 치켜세워주는 사랑.
아무리 무뚝뚝해도 네게만은 살가운 사랑.
너와 함께라면 어딜 가도 좋다고 말하는 사랑.
보고 싶다는 말을 조금도 아끼지 않는 사랑.
아무리 오래 함께했어도 변하지 않는 사랑.

새로운 나를 만나다

사람은 변하지 않는다는 말은 과연 누가 한 걸까.
나는 이렇게나 새로운 사람이 됐는데 말이야.

표정이라곤 거의 없었던 내가
시시콜콜한 것 앞에서도 얼굴을 붉히게 됐고
세상에서 내가 가장 중요했던 나였는데
아무리 좋아했던 것들이 눈앞에 있어도

이제는 정신을 차리면 너부터 챙기고 있더라.

애정 표현은커녕 배고프다는 말도 못 했었는데
이제는 사랑한다는 말 없이는 허전한 사람이 됐어.

특별한 날이 아니더라도 작은 선물을 준비하고
주변 친구들과 가족들에게는 괜히 주책을 떨고
데려갈 만한 곳은 없는지를 늘 고민해.

너는 평생을 그대로 가만히 있었던 나를
더 좋은 쪽으로 변하게 해준 사람이야.

새로운 나를 만나게 해줘서 고마워.

영원한 사랑

사랑하는 날이
하루 이틀 쌓이다 보면
차분해지는 시기가 찾아온다.

연애 초반처럼 불타듯
뜨겁지 않고
만약 다투더라도

예전처럼 밤새도록
싸우지는 않는다.

그런 순간이 찾아왔다는 건
서로가 서로에게 익숙해지고
이제 사랑이 끝났음을 뜻하는 것이 아니다.

활활 타오르던 사랑이
따뜻해지고 있는 것이다.
잠깐 번쩍하고 사라질 것처럼
불꽃 같은 사랑이 아니라
이불 속 포근함처럼
영원한 사랑이 되고 있는 것이다.

서로가 서로를 더 믿게 된 것이며
서로가 서로를 더 이해하게 된 것이다.
그전의 사랑이 언제 깨질지 모르는 유리였다면
이제는 깨질 일 없이 완벽히 두터워진 것이다.

다음과 지금

몇 번의 사랑을 하면서 깨달은 것은
우리에겐 의외로 다시 허락되는 것과
기약 없는 약속이 이루어지는 일이
그리 많지 않다는 사실이었다.

너무 좋으니 다음에 한 번 더 오자면서
언제든 다시 올 수 있을 것처럼 말한 식당도

여행을 떠나온 머나먼 도시도 서로의 고향도
약속이 무색해질 정도로 점점 잊혀갔고
나와 내 연인은 다시 그곳을 찾는 일이 없이
너무나도 허무하게 이별을 맞곤 했다.

저기 참 좋아 보이는데
그 사람한테 다음에 꼭 가보자고 해야지
우리 다음에는 이런 것도 해보고
그런 데이트도 여유 생기면 꼭 해보자고
함부로 했던 다짐과 약속들 역시
이뤄지는 경우는 거의 없었다.

정말로 사랑한다면
다음이라는 건 사실 세상에 없고
지금만이 있다고 믿으며 살아가야 한다.

지금 먹고 마시고
지금 함께 어딘가로 떠나버리고

지금 데리러 가거나 보러 가고
지금 전화해서 사랑한다고 말해야 한다.

그렇게 그 사람을 언제까지나
내 지금의 곁에 두어야 한다.
그래야 그 사람이 언제까지나
나의 지금으로 머물러줄 것이다.

재회를 꿈꾼다고 바보는 아니다

재회, 그러니까 전에 만났던 두 사람이 다시 만나는 일에 관하여 유행처럼 떠도는 말들이 몇 개 있다. 한 번 깨진 유리잔을 완벽히 다시 이어 붙이기 힘들다는 말. 그리고 사람은 고쳐 쓰는 게 아니라는 말 같은 것들 말이다.

그런 말들이 지닌 의미에 대해서는 어느 정도 공감한다. 한 번 헤어졌던 사람들이 다시 만나고, 똑같은 이유로 다시 헤어져 버리고 마는 것을 많이 목격해왔고, 실제로 겪은 적도 많다.

하지만 나는 주변의 누군가가 재회를 생각하고 있을 때, 제발 누군가와 다시 만나고 싶다고 간절히 바라고 있을 때, 그와 같은 말을 함부로 건네는 편은 아니다. 그 사람을 아끼지 않아서도 아니고, 누군가의 불행을 바라서도 아니다. 내가 그런 말을 건넨다고 한들, 그 사람들은 재회가 허락되는 한 조금도 주저하지 않고 그 사랑에 뛰어들 것을, 누구보다 행복해할 것을 알기 때문이다.

애초에 사랑이라는 것 앞에서 상식 같은 것은 통하지 않는다. 누가 사랑이라는 감정 앞에서 합리적이기만을 바라고 공정하기만을 지시할 수 있겠는가. 나는 사랑을 똑똑하게 한다는 사람들의 말을 믿지 않는다. 그런 말들을 듣는 사람들도 결국엔, 자신의 사랑이 파국으로 치달았을 때, 그리고 한 번 끝났던 사랑이 다시 시작되려 할 때, 누구보다도 크게 흔들리고 눈물을 흘리곤 했었으니까.

다만 사랑하니까 어쩔 수 없는 것이다, 재회라는 것은.

그리고 내가 해야 할 일, 할 수 있는 일은, 한 번 잃었던 사랑을 향해 용감하게 달려들었던 그 사람이 혹여라도 다시 상처받고 돌아왔을 때, 다시 떠난 여행에서도 슬픔만을 가득 안고 추락했을 때, 그래도 잘했다고, 사랑 앞에서 넌 적어도 도망가는 일 없이 최선을 다했다고, 잘했다고 등을 토닥여주는 일뿐일 것이다.

전과는 다르게 좋은 방향으로만 가는 재회가, 결국 그 둘은 다시 만나 오래오래 행복하게만 살았답니다, 그런 엔딩을 보여주는 재회가 지금 이 순간에도 어디에선가는 일어나고 있기를 바란다.

그런 사람

새삼스러운 사람.

새삼스럽게 고마워하고

새삼스럽게 관계에서 감동하고.

새삼스럽게 언제까지나 함께하고 싶고.

예의의 힘을 아는 사람

사람들 앞에서든 내 앞에서든
최소한의 예의를 챙길 줄 아는 사람을 만나고 싶다.

식당이나 카페에서 일하는 사람들
그 외에도 다른 모든 곳에서 마주치는 사람들에게
진심에서 우러난 존중을 건넬 줄 아는 사람.
내 앞에 있는 사람은 누군가의 아들이자 딸이며

어머니이자 아버지일 것이라고 생각할 줄 아는 사람.

돈을 받았으니 당연히 내게 그에 걸맞은
대접을 해줘야 하는 사람들이라는 생각보다는
나의 행복과 편의를 위해 기꺼이
대단한 일을 해주는 사람들이라고 생각하는 사람.

절대 남을 깎아내리는 식으로 농담하지 않고
늘 남의 입장에서 먼저 생각해보는 사람.
해야 할 말과 해선 안 되는 말을 구분하는 사람.

사랑하는 사이이고 가까운 사이일수록
지켜줘야 하는 부분 역시 있을 것이라고 생각하고
나를 유리처럼 섬세하게 다뤄주는 사람.

그런 사람과의 사랑이라면
아픔과 불편함으로 얼굴을 붉히는 일 없이
언제까지나 따뜻하고 다정한 나날이 이어질 것 같다.

편안한 존재

어릴 때는 모두가
내 친구처럼 느껴졌다.
이제 막 어른이 됐을 땐
무조건 많은 사람을 만나야
그게 좋은 거라고 생각했다.

하지만 흔히 인맥이라고 말할 수 있는

사람들은 점점 넓어지기 시작했는데
그 안에서 나는 점점 좁아지는 느낌이었다.

이제는 불편한 사람은
만나고 싶지가 않다.
애써 꾸며야 하고
애써 웃어야 하고
애써 시간을 마련해야 하는 사람.

그런 사람을 만나는 것보다는
마음 편하게 만날 수 있는 사람이 더 좋다.
편한 옷차림으로 만나서
편안하게 이야기 나눌 수 있는 사람들.

편하고 익숙한 것만큼
나를 행복하게 해주는 것도 없다.

여유 있는 사람

가끔 사랑에 안달 나 보이는 사람들이 있다. 자신의 모든 생활 속을 이성의 마음을 얻기 위한 행동들로만 꽉꽉 채워 넣은 사람들 말이다. 여자(남자)에게 잘 보이는 법, 여자(남자)들이 좋아하는 옷, 여자(남자)들에게 해주면 좋은 말 같은 것들을 달달 외우고 다니는 사람들.

하지만 조금 더 자세히 보면, 그런 사람들치고 제대로 된 사랑을 하는 사람은 손에 꼽을 정도로 쉽게 볼 수 없었다. 어째서일까. 사랑을 쟁취하기 위해 그렇게도 노력하는데, 왜 그들은 사랑을 하지 못할까. 어쩌다 누구를 만나게 되더라도 어째서 또 금방 이별을 받게 되는 걸까.

건강한 사랑과 건강하지 못한 사람, 사랑하고 싶은 사람과 그다지 매력적이지 않은 사람을 나누는 기준은 어쩌면 하나일지도 모른다. 바로 '여유'다.

하나 묻겠다. 당장 내일 사라져버리기라도 할 것처럼 현수막과 홍보용 풍선으로 가게 외관을 꾸미고, 커다란 노래를 틀어놓고, 안에서는 식은땀을 뻘뻘 흘리면서 초조하게 메뉴를 개발하고 있는 식당과 깔끔한 외관을 유지하고 있으며 부담 없이 친절한 표정을 짓는 요리사가 있는 식당, 당신은 어느 곳으로 가서 끼니를 해결하고 싶은가? 요란스럽고 실험적인 음식이 끌리는 날에는 전자를 택할 수도 있겠지만, 대부분은 후자를 택할 것이다. 당장 어떤 음식을 어떤 태도로 내놓을지도 알 수 없는 곳에서 끼니를 해결하는 것보다는, 맛도 분위기도 안정적인 곳에서 식사를 하는 것이 훨씬 덜 불안할 테니까.

사랑이라는 것은 언뜻 생각해봐도 적지 않은 시간과 물질, 정성과 마음이 들어가는 커다란 일이다. 그러니 겉으로 보기에 불안해 보이는 사람, 어딘지 모르게 초조해 보이는 사람보단, 든든하고 여유 있어 보이는 사람에게 나와 나의 시간을 맡기고 싶은 것은 당연한 일이다. 단순한 이치다. 하지만 내가 능숙하고 마음속에 부정적인 감정이 없어야 다른 사람도 품어줄 수 있다는 이 쉬운 이치를 아는 사람은 세상에 그리 많지 않다.

그러니 사랑이 고플수록, 사랑하고 싶다면, 사랑하지 않아도 되는 사람처럼 행동하고 생각하는 것이 중요하다고 말할 수 있겠다. 안달 난 사람보단 여유 있는 사람이 되자, 언제든 마음 편히 사랑받기 위해서, 불안 없이 사랑해 주기 위해서 말이다.

그렇다면 어떻게 여유 있는 사람이 될 수 있을까? 내가 생각하기에도 내가 꽤 괜찮은 사람이라는 확신을 품을 수 있어야 여유도 자연스레 풍겨 나오는 법이다. 사람들이 운동을 하고 책을 읽고 하는 것에는 자기 계발의 측면도 있지만, 어떤 관계든지 자신감 있게 맺고 유지할 수 있게끔 하는 측면도 있다는 것을 잊지 말아야 한다. 안팎으로 좋은 사람이 되어야 사랑하고 싶은 사람, 사랑이라는 커다란 일을 기꺼이 함께하고 싶은 사람이 된다.

그러니 잊지 말자. 사랑과 가장 잘 어울리는 사람은 여유 있는 사람이며, 여유 있는 사람이 되기 위해선 내가 나에게 만족해야 한다는 것을. 좋은 취미를 갖고 좋은 말과 행동을 할 줄 아는 사람이 되어야 비로소 마음껏 사랑 속에서 행복할 수 있다는 것을.

사랑을 확인하는 방법

사랑을 확인하는 방법은
생각보다 되게 간단하다.
딱 두 가지만 보면 된다.

눈빛과 시간.

그 사람이 나한테

시간을 얼마나 쓰는지가
사랑의 척도라고 해도
과언이 아니다.
사람은 자신이 좋아하는 만큼
시간을 쓰기 때문이다.

눈은 마음의 문이라는 말이 있다.
아무리 속이려고 해도
속일 수 없는 게 눈이다.
나를 바라보는 눈빛.
내가 그 사람을 바라보는 눈빛.
우리가 서로를 바라보는 눈빛.
그것만큼 정확한 것도 없다.

나에게 시간을 많이 쓰는 사람이 있다면
그 사람은 나를 많이 좋아하는 것이다.
눈에서부터 사랑이 느껴진다면
그 사람은 나를 많이 사랑하고 있는 것이다.

사랑의 이유

느린 걸음으로
건널목을 건너는 어르신을
혹시 싶어 끝까지 바라보는 사람

길에서 강아지를 마주칠 때마다
강아지들의 말을 알기라도 하는 것처럼
일일이 인사를 건네보는 사람

선물로 받은 화분을
혹시라도 시들게 하진 않을까
물 주는 방법을 찾아서 공부하는 사람

술은 잘 못 마시지만
술자리의 사람들을 구경하고
그들을 챙겨주는 건 좋아하는 사람

매번 바쁘게 움직이느라
끼니를 거르는 내가 마음에 걸려
서툴게나마 도시락을 만들어보는 사람

마음을 연결해 두기라도 한 것처럼
그날그날의 내 기분과 컨디션에 따라
자신의 기분마저 비슷하게 물들이는 사람

그런 사람
내가 사랑할 수밖에 없는 사람

이상형이라는 함정

당신이 무인도에 갇힌 사람이라고 쳐보자. 당신은 어느 날 안 먹으면 죽어버릴 정도로 강렬하게 초콜릿을 먹고 싶어졌다. 그런데 마침 저 멀리에서 난파된 화물선에서 기적처럼 초콜릿 상자 하나가 떠밀려오는 것이다. 당신은 '마침 초콜릿을 먹고 싶었는데!'라고 환하게 웃으며 기쁘게 초콜릿을 먹기 시작한다.

위와 같은 일이 일어날 확률이 얼마나 될 거라고 생각하는가? 아마 거의 제로에 가까울 것이다. 다른 날도 아니고 오늘 절실히 초콜릿을 먹고 싶은데, 저 멀리의 망망대해에서 때마침 초콜릿이 떠밀려올 확률 말이다.

하지만 초콜릿 또는 초콜릿 비스름한 것을 기다렸다가 먹는 것이 아니라 만들어서 먹는 경우를 생각하면 이야기는 달라진다. 마침 조난된 무인도에 코코넛 나무랄지 카카오 나무 비슷한 것이 있는 경우, 그것을 끓이고 굳히는 등 가공만 잘하면 스스로의 힘으로 초콜릿을 먹을 수 있게 되는 것이다. 이것 역시 쉬운 일은 아니지만, 가만히 바다를 바라보고 앉아 요행을 바라는 것보다는 훨씬 더 확률도 높고 덜 꿈 같은 이야기라고 말할 수 있을 것이다.

사람을 만나는 것 역시 마찬가지다. 나는 옷을 잘 입는데 검소한 사람, 성격은 활발하지만 조용한 취미를 갖고 있는 사람, 그러면서 내가 적당하다고 생각하는 키와 몸무게와 얼굴을 갖고 있는 사람을 때마침 내가 누구도 만나지 않고 있을 때 만날 확률은, 무인도에서 우연히 초콜릿 상자를 손에 넣는 일만큼이나 기적에 가까운 일일 것이다. 이상형이라는 것은 그런 것이다. 말 그대로 이상적인 유형일 뿐이라, 꿈 같은 이야기에 가까운 것.

하지만 내 곁, 내 앞에 있는 사람으로부터 사랑스러움을 발견해내는 일은 훨씬 쉬운 일이다. 겉으로는 보이지 않지만, 자세히 살펴보면, 그리고 잘 해석해보면, 내 앞에 있는 사람에게 내가 그토록 꿈꿔왔던 모습을 찾아내는 경우가 은근히 자주 있기 때문이다.

나는 당신이 사랑 앞에서 수동적이고 요행을 바라는 사람이 아니라 주체적이고 능동적인 사람, 당신의 행복을 당신이 찾는 사람이었으면 좋겠다. 사랑은 남이 대신 해주는 것이 아니라, 당신이 당신을 위해 하는 것이니까.

정 많은 너

정이 많아서 그런 건지
그냥 바보 같아서 그런 건지
자꾸만 상처받는 일이 많아진다며
한숨만 푹푹 쉬는 너를 보면서

정말 그래서 그런가보다 라며
마음에도 없는 말을 건네고는

뒤돌아서서 물을 끓이기 시작했어

머리 아플 수도 있을 테니까
커피보단 차가 좋겠지 생각하면서
네가 안 보는 틈을 타서
나도 힘껏 화를 내보는 거야
도대체 저렇게 예쁜 사람에게
상처를 줄 곳이 어디에 있다고 하면서

너는 정이 많은 것은 맞지만
바보 같은 건 아니라고
착하고 좋은 사람일 뿐이라고
앞으로도 계속 그렇게
착하게만 살아 달라고
대신 화내주는 사람 나쁜 사람은
언젠가 내가 꼭 되어줄 테니
계속 그렇게만 있어 달라고
속으로 생각하면서

말없이 네 앞에 찻잔을 놓았던 날

너는 그날을 기억하는지

얼음의 벽

의심이 많고 무뚝뚝한 사람을
너무 나무라거나 몰아세우지 마세요.
그 사람들은 당신을 나쁘게 보는 것도
믿지 못하는 것도 싫어하는 것도 아닌

그저 겁이 많은 사람
관계를 남들보다 진지하게 생각하는 사람

상처가 많은 사람일 확률이 높으니까요.

정말로 그 사람과 사랑하고 싶다면
그 사람의 딱딱한 표정과
경직된 자세를 흘겨보기보단
그 너머의 아픔과 걱정
내가 모르는 시간들까지
전부 안아주듯이 바라봐주세요.

당신의 진심이 마침내 닿고
얼어붙었던 몸과 마음이 녹기 시작하면
그 사람은 당신에게 그 누구보다도
커다랗고 따뜻한 사랑을 줄 것입니다.

그러니 기다려 주세요.
재촉하지 말고 느려도 괜찮다며
응원해주고 고개를 끄덕여 주세요.
그 기다림의 시간은

평생을 함께할지도 모를 미래에 비하면
눈 깜빡할 만큼 짧은 시간일 테니까요.

매일

우리는 꼭 모든 시간을 함께하자.
해가 뜨기 전에는 아직 잠에서 덜 깬 서로를
새벽처럼 조용하고 애정 어린 시선으로 바라보자.
앞으로도 당신의 편안하게 잠든 얼굴을 보고 싶다고
열심히 살겠다고 잘 살겠다고 작게 다짐도 해보자.

해가 뜨고 난 뒤에는 서툴더라도 따뜻한 아침밥을

같이 만들거나 서로를 위해 차려주기도 하자.
아무리 모양이 이상하고 맛이 뛰어나지 않더라도
당신의 하루를 시작부터 잘 챙겨주고 싶다는
그 마음만은 제대로 전달될 테니까.

오늘은 이런 옷이 어울릴 것 같아.
그럼 당신은 이런 옷을 입으면 되겠다.
떨어져 있을 때도 나랑 어울릴 테니까.
서로의 옷을 골라주고 각자 집을 나선 뒤에도
마음으로는 늘 손을 꼭 잡고 있자.

오늘 내 점심은 이거라고
당신도 맛있는 것 먹으라고 사진을 주고받고
때로는 일이 너무 많거나
공부해야 할 게 산더미라고 투정을 부릴 때마다
우리 두 사람은 핸드폰을 내려다보며
닮은 웃음을 짓고 있다는 사실을 잊지 말자.

해가 진 뒤에는 오늘 누구보다 수고했다고
이렇게 힘든 하루를 잘 버텨내다니
당신은 역시 최고라고 서로를 안아주고
집에 가는 길에는 시원한 캔 맥주나
계절에 어울리는 간식거리를 사서 들어가자.

그때그때 보고 싶은 드라마나 영화를
나란히 앉거나 누워서 보다가
한쪽이 꾸벅꾸벅 졸기 시작하면
어깨를 빌려주거나 이불을 가져와 덮어주거나
슬쩍 입을 맞춰보기도 하면서
둘만의 밤을 소중하게 누리자.

이렇게 길고도 짧은 하루가
몇백 번 몇천 번 계속되겠지만
절대 우리의 하루하루를
당연하다고 생각하지는 않을게.
그렇게 우리는 우리의 매일을

애틋하게 다정하게 함께하자.

내일 다시 만나.

너는 내 일상이야.

끝이 두려워 시작을 못 하는 사람들에게

가끔 그런 고민을 호소하는 사람들이 있다.

“지난 사랑이 너무 아팠기에
다시 사랑할 수 있을지 모르겠어요.”
“이 사람이 너무 좋긴 하지만,
결국 언젠간 헤어질 텐데 그게 너무 무서워요.”
“영원한 사랑은 당연히 없을 텐데,

과연 사랑하면서 살아가야 할까요?"

나는 그 말들을 잠자코 듣고는, 진지하게 이렇게 대답한다.

"정말, 하나는 알면서 둘은 모르시네요."

이 우주의 모든 연인에게는 결국 끝이 있긴 있다. 맞는 말이다. 죽고 못 살 것처럼 사랑을 시작했던 연인들이 다시 안 볼 것처럼 쌩 뒤돌아서는 것도 흔한 일이고, 많은 사람의 축하를 받으며 결혼식을 올린 부부가 상처만 가득한 결별을 겪기도 한다. 하지만 다른 곳을 바라보면, 예쁘고 아름다운 방식으로 끝을 맺는 연인들도 그만큼이나 많다. 한 사람의 어쩔 수 없는 죽음을 슬픔으로, 그리고 슬픔보다 몇 배는 커다란 사랑으로 함께해 주는 사람도 있고, 수십 년을 함께하다가 아름다운 최후를 맞는 노부부도 나는 많이 봐왔다.

이 세상의 모든 것에는 끝이 있지만, 그 끝이 전부 아프고 슬플 것이라고 생각하는 것은 너무도 위험하다. 아름다운 끝도 있다는 것을, 끝난 뒤에도 이어지는 마음이 있다는 것을 우리는 알아야 한다.

또 혹시라도 아픈 이별을 겪게 되었더라도, 그렇게 완결된 사랑의 기억을 안고 우리는 계속 살아갈 수밖에 없다. 하지만 그것 역시 슬프지만은 않을 것이다. 그 많은 완결된 사랑들이 결국엔 나를 더 멋진 사람으로 만들어주고, 더 좋은 사랑이 있는 곳으로 데려가 줄 테니까.

당신이 죽는 것이 두려워 사는 것을 멈추는 사람, 배고파질 것이 두려워 밥 먹기를 두려워하는 사람이 아니라면, 당신이 숨을 쉬고 세상을 살아가고 기쁨과 슬픔을 느끼며 지내는 이상, 당신은 사랑해야 한다. 사람은 사랑해야만 살아갈 수 있다.

겉으로
보여주는 일

사랑이 참 신기한 것은, 사랑이라는 게 마음으로 하는 일임에도 불구하고 당사자들은 겉으로 드러나는 것들에 굉장히 자주 흔들리고 영향을 받는다는 점이다. 말하지 않아도 안다는 말, 사랑하는 사람이니까 전부 이해한다는 말을 습관처럼 하면서도, 정말로 말하지 않고 서로가 성의를 보이지 않거나 무언가를 보여주지 않으면 마음에는 찬 바람이 불기 시작한다. 어쩔 수 없이 사람이 하는 일이기에, 상대방이 나를 사랑하고 있다는 것을 감각적으로 느끼지 못하는 순간 서운해할 수밖에 없게 되는 것이다.

연인을 서운해하게 만들지 않는 사람들은 보여주는 일을 잘한다.

토요일마다 데이트를 했었는데, 이번 주에는 나에게 개인적인 사정이 있어 데이트를 한 주 미루게 된 상황을 생각해보자. 연인에게 미안한 마음도 있고 나 역시도 너무도 그 사람이 보고 싶긴 하지만, '저번에 충분히 설명했으니까 그 사람도 이해하고 있겠지'라는 생각으로 그 어떤 특별한 말과 행동도 없이 각자의 주말을 보내기 시작하면, 상대방은 그 사정을 이해하고 있으면서도 한편으론 내심 서운해하기 시작한다. 머리로는 알겠는데, 마음으로는 그렇지 못하게 되는 것이다.

이때 어떤 사람들은 힘껏 무언가를 보여주기 시작한다. 말이라도 예쁘게 하거나, 정말로 만나러 가진 못하지만 다른 어떤 행동으로라도 그 사람에게 기쁨을 주려고 애쓰는 것이다.

'보고 싶어서 어떡하지?
확 이거 취소해버리고 만나러 갈까?'
'너처럼 예쁜 하루 보내라고 꽃다발 보냈어.'
'밥은 먹었어요? 혼자 보내게 됐다고 굶으면 속상한데.'
'이해해 준 덕분에 일 잘하는 중이야,
역시 너 없으면 못 살아.'

실제로는 정말 그 사람을 보러 갈 수 없지만, 그래도 가려는 척이라고 하는 것, 크게 고맙고 기쁘진 않더라도 괜히 더 크게 고맙게 반응하고 마음을 보여주는 것. 평소처럼 만나고 평소처럼 대화하는 것이 가장 좋겠지만, 그러지 못하는 사람이라면 여러모로 그 사람의 하루를 챙겨주려고 하는 것. 그런 작지만 겉으로 드러나는 행동들이 연인 사이에서는 의외로 커다란 일을 한다는 것을 아는 사람이 세상엔 그다지 많지 않다.

사랑도 결국 사람이 하는 일이다. 또한 사랑은 깊어질수록 당사자들을 유치하게 만든다. 그러므로 다 알겠지, 이해해 주겠지, 생각하며 넘겨짚기보단, 하나하나 다 설명해주고 오늘도 보고 싶다고 사랑한다고 말해주고, 내 마음이 이렇다며 최대한 있는 그대로의 마음을 보여주는 것이 중요하다. 잊지 말자. 일일이 겉으로 보여주는 유치한 일을 잘할수록, 당신의 사랑은 성숙해져 간다는 것을.

혼자 있는 시간

아무리 그 사람이 좋고
자다가도 생각날 정도로 푹 빠졌고
미운 구석 하나 없이 예쁘다고 해도

잠시라도 사랑한다는 말을 듣지 않고
한시라도 그 사람 곁에 있지 않으면
못 살 것처럼 굴지 마세요.

사랑은 마음으로 하는 일이기에
너무 세게 매달리거나 많은 것을 바라는 순간
어느 한쪽은 반드시 지칠 수밖에 없으니까요.

내가 없을 때도 나를 사랑하는 그 사람
그 사람 없이도 내 삶을 챙기는 나를
가끔은 믿어주고 응원해 주세요.

혼자만의 시간을 어른스럽게 보낼 줄 알아야
함께 보내는 순간이 값지다는 걸 알게 됩니다.

고백

사랑이란 그런 것입니다.

커다란 살아갈 이유가 하나 더 생기는 것.

나도 몰랐던 새로운 내 모습을 갖게 되는 것.

그 사람이 힘들거나 아플 때마다

내가 아픈 것보다도 아파하게 되는 것.

그 사람과 보내는 매일은 전부 축제가 되고

그 사람 일이라면 전부 응원하고 축하하게 되는 것.

말이 잘 통하고 눈빛이 잘 통하는 것도 모자라
멀리 떨어져 있더라도 마음마저 통하게 되는 것.
아무리 싫어하던 것도 이 사람과 함께라면
다 좋아지는, 일상에서 예외가 많아지는 것.
늘 사랑을 느끼고 있어도 계속 확인받고 싶고
끝도 없이 그 감정을 주고받고 싶은 것.
이 많은 마법 같은 경험들을
다른 사람이 아닌 너와 함께하고 싶다는 것.

기대의 이유

유독 연인들이 많이 보이는 장소와 시기가 있습니다. 봄철에 여의도나 석촌호수와 같은 벚꽃 명소를 찾을 때, 크리스마스 시즌에 홍대나 강남과 같은 번화가를 걸을 때가 대표적입니다.

그곳을 찾기 전에는 막연히 행복한 연인들만 가득할 거라고 생각하기 쉽지만, 실상은 다른 경우가 많았습니다. 오히려 그렇게 행복이 어울리는 곳에서 다투는 이들을 생각보다 자주 목격했기 때문이죠. 따뜻한 노래와 선물들이 오가는 한가운데에서, 그들은 서로를 노려보거나 잘못했다고 사정하거나 목소리를 높이면서 다투고 있었습니다. 결국 연인을 그 자리에 두고 자리를 떠버리는 사람도 본 적이 있었어요.

어째서일까요. 왜 그런 특별한 때와 장소일수록 자주 다투게 되는 걸까요.

그건 바로 평소보다 더 크게 기대하게 되기 때문일 것입니다. 이렇게도 특별하고 멋진 날이니까, 상대방도 그에 맞는 선물이나 마음을 준비했을 거라고 혼자 기대하게 되는 것입니다. 하지만 막상 나와서 그 사람을 만나보니, 그 사람이 어떤 마음이나 선물은커녕 평소와 전혀 다르지 않은 모습이라면, 자기도 모르게 크게 실망해서 그게 표정으로 전부 드러나고, 거기에서 시작된 삐걱거림이 결국 다툼으로 번지게 되는 것입니다.

그렇다면 애초에 기대를 해버린 게 잘못이었던 걸까요? 아닙니다. 사랑에서 설렘은 적지 않은 영역을 차지하기에, 아예 기대를 하지 않는 것은 사실상 불가능한 일이니까요. 내가 유치했고 속물이었다며 자책할 필요가 전혀 없는 것입니다.

조금은 부끄러울 수도 있지만, 이날은 내가 너무도 기대하고 있고 기다리고 있는 날이라고, 조금씩이라도 미리 티를 내보는 것은 어떨까요. 그러면서 동시에 나도 당신을 위해 대단한 건 아니지만 이것저것을 준비하고 있다고 슬쩍 귀띔해 주는 것도 좋을 것입니다. 그 정도면 충분합니다. 만약 당신의 연인이 당신을 많이 사랑하는 사람, 최소한의 눈치라도 있는 사람이라면, 당신을 실망하게 하지 않기 위해, 당신의 미소를 한 번이라도 더 보기 위해 나름의 준비와 고민들을 당연히 하기 시작할 테니까요.

충분히
좋은 사람이니까

한동안 너의 사람이었던 사람이
더는 네게서 사랑을 느끼지 못해 떠나갔다고 해서
네가 사랑스럽지 않은 사람이 되었다는 게 아니야
네게는 몇억 가지의 사랑스러움이 있는데
그 사람은 고작 한두 가지만 알아보곤 가버렸을 뿐이야

잊었을 때마다 알려줄게

네가 얼마나 아름다운 사람인지
앞으로 얼마나 좋은 사람을 만날 수 있는지

너만큼이나 좋은 사람을 만나서
누구보다도 행복하게 지내게 될 거야

두 사람의 미래

내가 그 사람을 얼마나 사랑하는지, 그리고 그 사람은 나를 얼마나 사랑하는지가 궁금할 때는 한 가지만 자세히 살펴보면 된다. 바로 그 사람과 내가 얼마나 자주 두 사람의 미래에 관해서 이야기하고 있는지를 말이다.

당장 이별해도 이상하지 않을 것 같은 연인들은 미래를 이야기하지 않는다. 어차피 미래를 이야기해봤자 그 약속은 지켜지지 않을 것을 본인들도 너무 잘 알고 있는 나머지, 그냥 이야기하지 않게 돼버리는 것이다. 그들 사이에선 그저 무미건조한 대화들만 오갈 뿐이다. 오늘은 또 어디를 가서 뭘 할 건지. 뭐 새로운 건 없는지. 오늘따라 왜 이렇게 따분하고 지치는 건지. 한숨과 권태로움만이 두 사람 사이를 떠다닌다.

반면 우리는 앞으로도 당연히 오랫동안 함께할 거라고 믿는 사람들, 가능하다면 결혼까지도 생각할 만큼 진지하고 깊이 사랑하는 사람들은 시도 때도 없이 연인과 미래를 이야기한다. 가고 싶은 곳과 먹고 싶은 것, 하고 싶은 일들을 자세하고 구체적으로 이야기하고, 그것들을 막연하게 남겨두는 것이 아니라 언제, 어떻게, 어디에서 함께할 건지를 정해두기까지 한다. 조금은 막연한 이야기이지만, 결혼생활은 어땠으면 좋겠는지, 어떤 집에서 몇 명의 아이와 함께 어떻게 살아갈 건지를 마치 꿈이라도 꾸듯이 황홀한 표정으로 속삭이기도 한다.

그러니 그 사람이 당신과의 미래를 자주 이야기하고 있다면, 그건 당신을 진심으로 사랑하고 있다는 뜻이 될 것이다. 이미 그 사람에게 당신이 없는 미래는 상상도 할 수 없는 일이 되었다는 뜻, 기뻐하고 슬퍼하고 분노하고 애틋해하는 모든 시간들을 다른 사람이 아닌 당신과 함께하겠다고 결심했다는 뜻이 될 것이다.

두려움

난 가끔씩 당신이
내가 사랑하는 사람
나를 사랑해주는 사람이라서
누구보다 어렵습니다.

아무리 조심한다고 해도
언젠가 한두 번은 당신도

반드시 아프게 될 텐데
그것을 보는 것만으로도
내가 너무 아플까 봐서요.

나는 다 괜찮지만
다 이겨낼 자신이 있지만
내가 땀 흘리고 때론 졸면서
치열하게 일하는 모습을 보고
혹시라도 당신이 슬플까 봐서요.

사랑이 하루씩 당연해지고
그 당연함에 파묻혀서
내가 바보 같은 선택을 하거나
당신을 울리게 될까 봐서요.

별수 없죠.
겁에 질린 아이를 달래듯
내가 당신에게

당신이 나에게
괜찮다고 괜찮다고 말해주고
오래오래 함께 걷는 수밖에는,

그렇게 늙어가요.
어쩔 수 없는 눈물도 아픔도
겪을 수밖에는 없겠지만
함께라는 이유로
다 괜찮아질 테니까요.

약속

사랑은 그런 것.

네가 좋아하는 것을 마침 나도 좋아하는 것.
네가 좋아하는 것을 나도 좋아하려고 애써보는 것.

서로가 싫어하는 걸 하지 않는 것.
좋아하는 걸 하는 것보다 싫어하는 걸 하지 않는 게

훨씬 어렵고 중요하다는 것을 깨달아가는 것.

쉽진 않겠지만 제대로 표현하는 것.
사랑받고 있는 걸 잘 알면서도
늘 확인받고 싶은 게 사람 마음이라는 걸
이해하고 안아주는 것.

문제를 해결하기보단 공감과 이해부터 하는 것.
말이라는 것은 늘 순서가 매우 중요하고
내 앞에 있는 사람은 내 말의 온도에 따라
활짝 웃을 수도 있고 눈물을 흘릴 수도 있다는 걸
언제나 잊지 않으려고 하는 것.

서로의 다른 부분과
부족한 부분을 채워주는 것.
서로의 결핍마저도 예뻐해주고
모든 것을 안고 가겠다고 결심하는 것.

함께라면 어디라도 함께 가겠다고 말하는 것.

이 모든 것을 너에게 해주겠다고 약속하는 것.

고마운 존재

사람은 혼자 살아갈 수 없다.

마치 혼자서 살아낸 것처럼
느끼더라도 지난 시간을 돌아보면
누구에게나 고마운 존재가 있다.

넘어지려고 할 때마다

내 중심을 잡아주는 사람.
혹시나 내가 넘어졌더라도
일어나라면서 손을 내밀어주는 사람.

함께 시간을 보내고 나면
힘들었던 일도 괴로웠던 일도
그 어떤 걱정도 떠오르지 않는 사람.

마치 푹 자고 일어난 것처럼
기분 좋은 느낌을 주는 사람.

생각해보면 너무 내 곁에서
숨처럼 함께했기 때문에
내가 느끼는 고마움의 크기만큼
고맙다고 말한 적은 없을지도 모른다.

그런 사람에게 편지 한 통을 보낸다.
고맙고 또 고맙다고.

덕분에 넘어지지 않고 포기하지 않고

내가 시들지 않고 잘 이겨낼 수 있었다고.

덕분에 무사할 수 있었다고.

자주 만나요

우리

나는 너랑 있는 게 제일 좋아.
친구도 좋고 가족도 좋고 다 좋지만
너랑 함께할 때가 제일 재밌어.

별다른 주제 없이 소소하게
수다를 떠는 것도 즐거워.
계절마다 할 수 있는 걸 하는 것도

얼마나 감사한지 몰라.
봄에는 벚꽃을 보고
여름에는 밤 산책을 하고
겨울엔 따뜻한 음식에 술 한잔하는 것도 좋아.

흔히 사람들은 그러잖아?
무언가를 계속하면 질린다고.
너랑 노는 건 단 한 순간도 질리지 않아.
매일매일 놀고 싶어.
매일매일 함께하고 싶어.

아마 우리가 사랑하는 모습을 보면
엄청 많은 연인이 다툴 걸?
어떻게 이렇게 사랑하는 사람들이 있나 하고
놀랄 테니까.

자주 만나 우리.
아니, 매일 만나.

한 번 질릴 때까지 놀아보자.

나는 너랑 있는 게 제일 좋아.

내 꿈은 당신과 평생 사랑하는 것

초판 1쇄 발행 • 2023년 1월 10일

지은이 • 현우
책임편집 • 오휘명
마케팅 • 박근호 김은비
디자인 • 유서희
펴낸곳 • 도서출판 히읏
출판등록 • 2020년 4월 28일 제 2020-000109호
제작처 • 책과 6펜스
전자우편 • heeeutbooks@naver.com

ISBN • 979-11-92559-68-1(03810)